那些阳光的碎屑

跟着作家教师 读生活 学写作

孙安懿 著

华南理工大学出版社
SOUTH CHINA UNIVERSITY OF TECHNOLOGY PRESS

·广州·

图书在版编目（CIP）数据

那些阳光的碎屑：跟着作家教师读生活学写作/孙安懿著．—广州：华南理工大学出版社，2019.4
（鸢尾花课程（IRIS）丛书/吴向东总主编）
ISBN 978-7-5623-5965-4

Ⅰ.①那…　Ⅱ.①孙…　Ⅲ.①散文集-中国-当代　Ⅳ.①I267

中国版本图书馆CIP数据核字（2019）第071947号

NAXIE YANGGUANG DE SUIXIE——GENZHE ZUOJIA JIAOSHI DU SHENGHUO XUE XIEZUO
那些阳光的碎屑——跟着作家教师读生活学写作
孙安懿　著

出 版 人：卢家明
出版发行：华南理工大学出版社
　　　　　（广州五山华南理工大学17号楼，邮编510640）
　　　　　http://www.scutpress.com.cn　　E-mail：scutc13@scut.edu.cn
　　　　　营销部电话：020-87113487　87111048（传真）
策划编辑：林起提
责任编辑：卜穗珍
印 刷 者：广州市新怡印务有限公司
开　　本：787mm×960mm　1/16　印张：10.5　字数：212千
版　　次：2019年4月第1版　2019年4月第1次印刷
定　　价：36.00元

版权所有　　盗版必究　　印装差错　　负责调换

序

  初识孙安懿老师，只听说她是诗人，是作家型教师，其古诗词教学为人称道。她的日常工作生活，也如古诗词般唯美精致，甚至到了眼睛里揉不得沙子的地步。一次大家聊天，她说："昨天听了谁谁谁的观点，他怎么能这样看待古诗词呢？真让我不舒服，气得我晚上熨烫了一堆衣服，烫平我心里的褶皱。"我们在一旁听着，愕然相视，孙老师一出口，都是诗化的语言啊。所以我常跟她开玩笑："你应该生活在盛唐，与李白、王维为伍。"

  一个偶然的机会，我和孙老师顺着学生对鸟儿的兴趣，一起合作了"观鸟与写作"的跨学科教学，见识了她所带班级的学生每次观鸟所写的周记，才真的感受到一位作家型教师带给学生的不一样的影响。

  学生的周记越写越生动，越写越丰富，对鸟的观察细致入微，鸟的性情和生活都自然而然地融进了学生的文字，他们好像能与鸟对话一般，文章写得情趣盎然，这真是入心的写作啊。孙老师把这次跨学科学习的经历写成了一本专著《飞过你的天空——和你一起观鸟》，并收录了一些学生的周记。原深圳市教育局副局长（现深圳市坪山区委常委、宣传部长）吴筠女士看了，在微信朋友圈里写道："书中小学生的作文真有意思呵，我并不太喜欢现在有些旁征博引、技法娴熟的'少年写作能手'，真情、童心和自我思考还是最重要的，否则将来也难保不被什么人工智能创作出来……"

  后来《南方教育时报》邀约孙老师写散文专栏，我不仅读了她发表在专栏的每一篇文章，还索要了她以往所写的文字，真是文如其人。抒写真性情，毫无掩饰；朴实铺陈，毫无华丽辞藻堆砌；唯美自由，毫无文以载道的说教。写作随眼随心随意，有情有理有趣，姿态横生，行云流水，毫无构思后套路写作的痕迹。再回看她学生的周记和习作，满是她的影子。

  这样的语文教师，算是文殊菩萨刻意安排的了，自己内心自由宁静丰富，对学生同理心盈溢。学生们受着沐浴感染，把周记当作诉说心事的秘密之地，期待着孙老师批阅时的欣赏、调侃和抚慰，当然，更重要的是在班级交流时所产生的情感碰撞与思维启发，于是周记分享课成为学生期盼的美好时光。

  鉴于此，我动员孙老师不妨把自己的散文整理成册，每篇文后附上一两个启发学生思考的问题，来启发学生以同理心理解生活，以批判性思维独立思考。以她的散文为例文，引导学生看见自己的生活并写出来。这样的写作例文不同于小升初、中高考优秀作文集,没有套路,也不强调技巧,它不奔着分数去,只指向内心,让情感、思想、个人性灵在纸上自由流淌。

如果非要说有什么可以模仿的,那一定是同理心,还有批判性思维,从这些篇章中可以模仿孙老师看世界的视角,去发现生活中的光亮和美好。即便看见阴影,也能够把那些洒落在阴影中的阳光的碎屑拾起来,照亮内心,做一个光亮而唯美生活的人,用一颗盛唐的诗心,与自己对话,抒写自然的美或人文的风情,过自由自在的生活。

写作是无功利的,是为序。

吴向东
特级教师
教育部国培计划首批专家
深圳市龙岗区教学研究室课程教研员
2019 年 1 月

前 言

一

曹文轩先生说：未经凝视的世界是毫无意义的。我想，这个凝视既指向外部世界，同时也指向个人的心灵世界，因为凝视，我们得以看见其间的风景。写作是凝视这个世界的一种方式。

在凝视事物时，我们既是主体，也是客体。因为，描述对象既需要跳开的旁观，也需要代入式的体察，表达自己也是如此。这不正是同理心在写作中发挥的作用吗？同理心告诉我们，人天生具有模仿并体验他人情感的能力，这一能力有强弱的差异，但是通过有意训练，可以得到更好的发展。

一次作文教学令我深有体会。人教版《语文》第十一册有一组关于动物的例文《老人与海鸥》《跑进家来的松鼠》《最后一头战象》和《金色的脚印》，这四篇例文内容引人入胜，写法各有特色，在人文主题上是要引导学生体会人与动物的情感，培养爱护动物的意识。自然的，单元作文就是要求学生写一种熟悉的动物，表达人与动物的情感。回溯例文，学生读到的故事都很传奇，但是离自己的现实生活很远，仿佛不传奇不足以为动物立文。事实上，很多学生饲养过小动物，它们并无传奇经历，但平实的生活中一样有情感的交流。于是我给学生读了我写的《我家小白》，孩子们一边听一边乐，他们把自己的经验嫁接在阅读体会之中，表情变得轻松愉快起来，马上回应交流自家的那个小可爱，作文即刻就找到了讲述的对象以及所发生的趣事，而"趣"里包蕴的就是情感啊。

这样的时候其实挺多的，我想，那些害怕写作的孩子，只是没有让写作与自己的生活和内心建立联系，因而无从凝视，所以也无从表达。

二

关于写作，科幻文学"雨果奖"得主郝景芳博士有过一段阐述，她说："在一些语言学家看来，思维与语言并没有截然分别，人很难做出不依靠语言的思考，而写作，就是一种让人用语言发现内心思维的方式。写作生命的真正开端是自我诚实。自我诚实，自我接纳，自我思考，然后开始面对世界。需要一种方式让内心的过程得到梳理，这就是写作。"

这个看法我深以为然。的确，写作是整理内心、建构思维的过程，是以同理心理解生活、以批判性思维思考个人与世界的一种方式。说到底，它关心的应该是人本身的发展，而不仅仅是写作的技巧或者暂时的分数。

当然，写作是有技巧的，但是在进入具体技巧之前，需要有更重要的一些铺垫，那就是看清自己的内心、梳理自己的思绪、体察个人的生活，整理自己的知识构图，然后才是技巧的问题。

写作是有虚构的，但是，所有的虚构都基于对真实的了解和洞察，然后才有创作的产生。

所以，基础教育阶段的写作指导，重要的是帮助学生引出内在的那个"真"，书写那份"真"。真实的日常、真实的情感、真实的思想，只有回归真实的写作，才能让学生的写作有抓手，帮助学生完成自我整理，建构思维方式。

三

基于这些认识，作为一个热爱写作的语文教师，我希望自己在写作上能影响更多的学生。于是，工作室导师吴向东老师鼓励我把自己写的这类文章整理成书，启发学生在阅读中体验和思考。他的鼓励和支持使我有热情在繁忙的工作之余完成书稿。

书稿完成后，吴忠豪教授读完样章对我说："以童年的视角和凝练的语言来书写生活，将带给学生很大的启发。我在想，你和学生经历同样一件事，但是从你笔下流淌出来的见解，一定比学生感受到的要深刻得多。学生读了你的文字，能多几分感受，这是一件很好的事。"专家的话总是让人深受鼓舞。

本书编辑就这本书的定位，提了很多指导性建议，真是非常感谢！

还要感谢龙城小学的阳湘玲校长和同事们，还有亲爱的孩子们，是你们的支持与启发让我感受到了撰写这本书的意义。

感恩生命中的所有遇见！也希望本书真的能如我所愿，借助同理心，从以下几个方面启发学生：

第一，凝视身边的物事，体会其中的情趣。本书收录的散文，记录的都是身边的人、事、物和个人的感悟。最日常最平凡的生活有着大同小异的样貌，以例文激发读者的阅读共鸣，或者勾连起读者的相关记忆，使读者由此回望自己的生活，凝视其中，体会其间的情趣。

第二，自由表达心声，享受简单的书写。这些轻松的小文或长或短，或有题或无题，以期启发学生体会：写作其实简单，无需顾虑技法和字数；写作不必一定要追求微言大义，只是记下自己的真情实感；语言不必为修辞而修辞，还可以随心舒展。让自由的书写开启学生的性灵，在写作中学会表达心声。

第三，以同理心关照生活，学会感恩。这世界本是善恶同存，在每个个体身上，也体现这一特点。有的写作剥离出人性中的暗区，以此为深刻，我相信这类写作的深刻，但同时，生活中的真善美也一样需要我们剥离出来指认给人看。当我们沉潜在生活的细节处，用心感受其间的美善，我们内心必将受到滋养。本书收录的散文，关照的都是浮动在平凡生活中的情意，希望启发读者崇真尚美，去发现闪烁在自己日常生活里的阳光碎屑，学会感恩。

第四，尊重自己的独特感受，培养批判性思维，学会思考，乐于表达。我们常说"阅读就是在别人的思想上建立自己的思想"，的确，尊重自己的独特感受，学会思考，一个人的内在才会日渐丰盈。在日常小事中，在读书观影后，养成随手记下点滴思考的习惯，不知不觉中思维品质便得以提升。本书中"阅读篇"收录的散文即是对阅读的所感和心得，启示读者读书绝不仅是知识的累积，还在于对故事有同理心的感受，有批判性思维的见解。

本书在结构这些篇目时，分了两个部分。

第一部分是读文。学生阅读例文，理解内容，以同理心体会日常小事中包蕴的情感、趣味或者思绪，以批判性思维打开个人的独特思考。

第二部分是"想一想，写一写"。用简单的提问把学生导向对自己生活和内心的体察与思考，重在启发，如果学生在问题的启发下有了表达的欲望，那么就写一写。

好了，打开书，愿我们在文字中以同理心照见彼此。

孙安懿
2019 年 1 月

目 录

校园篇　那些阳光的碎屑

穿裙子的粉笔	(2)
那要看是谁	(3)
知　音	(4)
每人一块金牌	(5)
信	(6)
名字的后两个字	(10)
"大傻"不傻	(11)
电　话	(13)
他变了	(13)
那些阳光的碎屑	(15)
盲目的掌声	(18)
在月亮的暗面	(19)
老师,什么时候读周记	(21)
在戏里,在爱中	(23)
一颗一颗亮晶晶	(25)

动物篇　它的眼,泪光闪闪

走过来走过去,悄无声息	(29)
它的眼,泪光闪闪	(32)
飞在黄昏里	(33)
我家小白	(34)
游啊游啊	(38)
态　度	(40)
我不知道猪的智商	(44)
楼下那只猫	(45)
海鸥飞来	(47)

植物篇　植物静默无言

莲雾正好	(50)

梅在那里 …………………………………………………… (51)
茶花开了 …………………………………………………… (52)
文竹的好意 ………………………………………………… (53)
那时的桑葚 ………………………………………………… (54)
养几株兰花 ………………………………………………… (56)
有云便赏两三片，有花便看四五朵 ……………………… (57)
植物的安忍 ………………………………………………… (58)
变了又变 …………………………………………………… (60)
秋意阑珊 …………………………………………………… (61)
植物静默无言 ……………………………………………… (62)
舍不得 ……………………………………………………… (64)
花 事 ……………………………………………………… (66)

感受篇 有所思

小喜悦 ……………………………………………………… (70)
有所思 ……………………………………………………… (71)
记 录 ……………………………………………………… (74)
荒野之野 …………………………………………………… (76)
舌尖上的记忆 ……………………………………………… (78)
真丝飘飘 …………………………………………………… (79)
那些语言 …………………………………………………… (80)
在路上及其他 ……………………………………………… (81)
浅浅的红尘瑜伽 …………………………………………… (84)
在台湾吃吃看看 …………………………………………… (85)
来了，看见，走过——匆匆日本行 ……………………… (87)
遥远的塔尔寺 ……………………………………………… (92)
即兴的雨点 ………………………………………………… (94)

人情篇 露水打湿了衣衫

远远地同情地看着 ………………………………………… (98)
露水打湿了衣衫 …………………………………………… (99)
小 姑 ……………………………………………………… (107)
那些潜藏的深情 …………………………………………… (110)
抬眼看见 …………………………………………………… (112)
电梯里的眼睛 ……………………………………………… (113)
彼 岸 ……………………………………………………… (115)

地震来了	(117)
小细节	(118)
中考这天	(119)
几个关键词	(121)
故人依然	(123)

阅读篇　他把自己画成了一个圆

春风无故乱翻书	(127)
个中滋味	(128)
纪念下去	(129)
终生所有，换刹那阴阳交流	(131)
解词	(133)
阅读是一座桥	(134)
共读共享	(135)
植物的诱惑	(136)
换个眼界	(138)
人有病天知否	(139)
闲话红楼	(141)
萧红的黄金时代	(146)
那就消极地等来最好的吧	(148)
那些漂浮之物总是高过我们的头顶	(149)
他把自己画成了一个圆	(151)

校园篇

那些阳光的碎屑

穿裙子的粉笔

在白板上使惯了油性笔，突然换了黑板，还真是不习惯。不习惯粉笔板书，更不习惯粉笔扬起的粉尘。为了杜绝学生课间玩粉笔头的现象，我告诉他们："粉笔含有大量的石灰钙，长期使用对皮肤有一定的腐蚀作用，我的手指还没有适应，写了几天都脱皮了。"边说我边举起右手给他们看。

后来教室里果然没有我担心的粉笔头出现，真不错。这天课后，侯于艺走过来递给我一卷东西："老师，这个给您。"我打开这粉红色的小团，一下子明白了它的用途。三个长短不一的指套，分别适合拇指、食指和中指，指端各有一朵粉色的绣花，看得出来布料是精心挑选的，可是缝合的边线粗略歪曲，显然是初学针线者的杰作。我戴上这三个指套，长短刚好合适。问她："是这样吗？"她点点头。

"你怎么知道我的手指是这么长呢？"

"我照我妈妈的手指量出来的。"

这是文静细腻的女孩才有的心意啊！我领受了，在办公室戴着它展示，引来一片羡慕的眼光，他们所羡慕的当然是深藏在礼物背后的浓浓情意。只是戴着它写字显然过于夸张，我小心地把它收进抽屉，珍藏了这份情意。

没过两天，邹老师告诉我："孙老师，你班的粉笔都穿上了裙子。"上课时，我看到了这些穿上裙子的粉笔。大约是因为我没有使用手指套，孩子们又别出心裁地缝制了粉笔套，这样，我们每个老师用起粉笔来都不会伤手了，真是暖心贴肺的创作啊。

你想赞叹一种纯净时，其实没有语言，因为没有语言比纯净本身更美好。孩子们缔造了太多这样的时刻：他们曾在讲台上用花瓣摆了一个"心"形迎接我上课；他们曾纠正我的错误，告诉我这个班级不是61人，而是62人，我把自己算漏了；他们天天有人在我的课前下楼接我上课，帮我拿教具……是的，他们有那么多淘气的时候，但是也有更多更多可爱得让人融化的时候，他们表达爱、给予爱从不权衡与保留。

上善若水，孩子就是蓝色波涛上那些跳跃着的细小浪花，他们碎碎地舞蹈，不经意就跳进你的心里来。

✏️ 想一想，写一写：

1．"孩子就是蓝色波涛上那些跳跃着的细小浪花，他们碎碎地舞蹈，不经意就跳进你的心里来。"你认为跳进老师心里的到底是什么？

2．侯于艺在缝手指套时是怎么想的，又是怎么缝的，想象一下这个场景，并写下来。

那要看是谁

那时，他们上三年级。一群小不丁丁的屁孩，但我其实从不敢小瞧他们，因为指不定哪时候他们会冒出让人一愣一愣的话来。

在一次题目评讲中遇到这样一道口语交际题：当你看见老师在黑板上写错了一个字，你会怎么告诉老师？

这样的题目旨在引导学生什么呢？要婉转？要审慎？要礼貌？我看到题目时，心里也不免琢磨：假如是我，我会怎么告诉老师？我想我可能不会说，我明白他（她）的意思就够了，我推测老师可能只是笔误，说不说都不要紧。也有可能他们真的不知道，那也不说。嗯，这就是我。脑子里一瞬间晃过了自己内心的真实想法。

教室里这群小不丁丁的家伙若有所思，一只小手举起来："我会等老师到我跟前时，小声跟他说：'老师，您写错字了。'"

又一只小手高举着，这一位讲道："我会说'老师，那个字是不是这样写呀？'提醒老师自己改正。"

果然富有心机，懂得婉转，顾全老师的面子啊。比我强多了，八岁的孩子太厉害了！

这时，刘婧媛迟疑着对我说："我觉得那要看是谁，如果是您，我直接告诉您：'孙老师，那个字您写错了！'"

一时间，教室小有沸腾，大家几乎是异口同声地说："对咯！如果是您，我就直接告诉您好了！"

我失声笑了，这回答完全是意料之外的甜蜜，也许，这才是八岁的孩子该有的真性情。去他的什么婉转，去他的什么礼貌，去他的什么审慎。我对他们说："谢谢你们能这样看我，还能这样对我，我认为这个答案是你们对我的表扬，表扬我够坦率，够朋友。"孩子们一下子变得轻松了，不费心机的相处是多么美妙啊。

我想起曾经坦言指出 T 错读的字时，T 欣欣然跟读，接着正色而言："如果你以后发现我有什么字读错了，要赶紧告诉我，在你面前不存在丢人，如果在台上在大众面前说白字，那才是真的丢人哦。"亲密的感觉原来如此美妙。

"那要看是谁"，只有亲近的人才会这样直言不讳，要珍惜。

想一想，写一写：

1. 老师听到自己的学生直言相告，却欣慰地笑了，你觉得这是一个怎样的老师？

2. 如果你遇到文中的这道口语交际题，你会怎么告诉你的老师呢？为什么？

知　音

与孩子们共享的课堂四十分钟总是过得极快，我们一起切入文本，游走在由文本引发的知识和思想领域，情感与智慧交汇碰撞，时间悄然流逝，我似乎能听到孩子们拔节成长的声音。

这一节课学习文言文《伯牙绝弦》。整一节课，我们的心为子期与伯牙的相遇相知而欣喜，又为这对知己不能重逢而悲叹。"子期死，伯牙破琴绝弦，终生不复鼓。"伯牙用这样的决绝，表达了失去知音的悲痛。学生把自己迁移到古人的精神世界里，理解文、理解情似乎并不费力。所谓"懂"，那么难，张爱玲在婚书上写："因为懂得，所以慈悲。"一个人的精神世界被懂得，在这世间就不再孤独，那么对于"懂"在不同的年纪大概会有不同的体悟吧，我想。

"所以说，千古知音最难觅；所以说，人生得一知己足矣。"我这样总结道。谁知课堂上一阵窸窸窣窣，邹易航说："可是不会呀，老师，我觉得你就很懂我们呀。"一群人接着他的话语："是啊，你就是我们的知音啊！"

……

他们讲得如此坦率，我一时有些发懵，完全是我意料之外的交流。如果不是这样的课堂与机缘，我从来不知道要把自己定位成学生的知音啊。孩子们给了我新的启示，与其说他们给出的是褒扬，不如说是对老师的一种要求。"懂"，是任何年龄都有的心理需求，因为被懂得，所以有安全感和归属感。

如此认可，是最高的奖励，要珍惜！

想一想，写一写：

1. 说一说你是怎么理解"知音"的。

2. 你的生活一定有被人懂得或者误会的时候，那一瞬间你是什么心情，请把这件事写下来。

每人一块金牌

运动会结束后，教室里总是叽叽喳喳的，孩子们议论纷纷：就怪谁谁第三棒跑得太慢，把到手的第一名跑没了；谁谁跳远不行的，下次不要让他去了……有的孩子还哭了。

我喜欢学校里组织各种类型的活动，我想，也许在他们以后的人生里想得起来的更多是活动中的喜忧。由着孩子自由言说一番后，我示意大家静下来，一起回顾这两天的经历。

集体项目，我再不用操心了，把人数报给他们，一会儿不见人影了，正着急，学生们说周冲和庄烨杨选好了20人，组织大家在网球场练习传球呢。果然长大了。

运动场上是运动员矫健的身姿，场外跑道沿线都有我们的拉拉队员挥舞着自己特有的拉拉花加油助威。每场比赛结束后，付佳钰都会默默收好班级道具。

班级场地旁,李逸伦带着几个同学把别人乱扔的塑料杯和饮料瓶一个一个捡起来扔进垃圾桶里。

冠军领奖回来,一群孩子迎上去拥抱祝贺,那高兴劲一点儿不亚于自己获奖……

"所有这些,"我说,"孩子们,所有这些说明什么,说明我们是一个团结的、有集体荣誉感的班级。运动会可以说是对一个班级的综合检验,运动员他可能第一,也可能得不到名次,只要他在场上,他一定想有最好的发挥,输了,他只会更难过,作为我们班级的一员,我们要给的是什么?责怪吗?"学生们都说,不是,而是要安慰他,鼓励他,争取下次有更好的成绩。

"是啊,尽管我们这次的团体总分还是第二名,但是,在老师的心目中,已经给你们每一个人都颁发了一块金牌,因为你们明白自己的角色,做好了这个角色该做的一切,这才是最重要的。"

果然,学生的日记中没有了责怪,只有理解。他们正是在这一件又一件小事中成长,逐渐学会理解、欣赏他人,更好地相处与合作。

想一想,写一写:

1. 结合文章内容,说说你对"每人一块金牌"这个题目的理解。

2. 运动会是一个班级凝聚力的展现。运动会上你是什么角色呢,运动员,拉拉队员,还是宣传员?写一写你在参与中真实的感受,或者你眼中的精彩。

信

五年级的学生心智渐长,偶尔发生的失当行为,处理起来就要审慎得多。这么大的孩子重面子,同时,他们也有一定的反省能力,如何把握才能激发学生自省,达到自我修正呢?这还真要视学生的特性而定,不管怎样,育心是育人的关键所在。

那天,班上有个孩子跟同学玩恶作剧,写了一些不文明的词汇,被学生检举交到我这里。字迹有刻意的方正,我一时辨认不出是谁所为,因所写内容伤害到其他同学,所以也不宜公开问询。我暗暗观察这群孩子,一派纯真烂漫,好像没有发生过什么事情似的。我知道我也正被写文字的和交来文字的学生暗暗观察,但我不动声色,一如往昔。

第二天清晨,我走进办公室,一封折叠整齐的信平放在我的桌面,信纸上写着:孙老师收。

尊敬的孙老师:

您好!

这封信是我下了很大的决心才写的,或许您会感到吃惊。我知道昨天郑同学交给了您邹同学的数学练习本,上面有许多不健康的词汇,我想您看了一定十分生气。我坦白,那是我写的。做出这个选择,是因为我是一个男子汉,我不能撒谎。

当我得知这件事被您知道时,我想过做伪证,如果明天把最后一个人给搞定就万事大吉了。可是今晚我想,我不能那样,因为我觉得如果撒谎,我对不起您,也对不起我的好朋友,更对不起我自己的良心。有人曾说过:一个人犯了错不可怕,可如果你去欺骗,不承认,那你就真的失败,真的无可救药了。

其实那天的事在我眼里,只是一个过火的恶作剧,但对别人而言却是对自尊心的伤害,是严重的心理打击。可是,在恶搞别人的时候我想过这些吗?没有。我曾换角度思考吗?没有。最近这段时间我变得十分烦躁,好像回到了不懂事的小时候,上课认真程度不像以前那样了,还有时打女生,扫地时跟别人猜拳。在这所有犯下的错中我觉得这个是最大的,我也承受了前所未有的压力,我十分不想让别人知道这件事。

老师,我知道一个人犯了错是没有任何权利、理由提要求的,可在这里,我还是想恳求您两点:一是您能顾忌我的面子不在同学面前说起这事,让我和邹同学私下解决吗?二是您能不告诉我父亲吗?我不是怕他骂,我担心父亲一旦知道,他会想儿子怎么是这个样子?我不想让他看到我这样的一面,不想让他感到失望,可以吗?或许您看我一星期的表现再做定夺。如果您把所有事情都说出来当然可以,因为错在我,您本来就该这样做。不过您所失去的是一个孩子对您的信任。

祝您万事如意!

您的学生
4月22日9点53分

信,没有署名,但我一眼看出是谁了,我的确很意外——在一个优秀的外表下隐藏着一颗躁动的心。这个平常各方面都特别出色的孩子写出那样一些词汇让我意外，一个11岁的孩子内心有如此丰富的思想与情感让我意外，一个孩子有这样的矛盾与挣扎让我意外，一个孩子这几天所承受的可想而知的压力让我意外。当然，他还小有心机地警示了我一下，大约明白我在乎他的信任。读至此处时，我不觉一笑了，从某种层面上，这证明了师生之间的相互看重，这很重要。

没有任何行动，事情的经过就清晰地摆在面前了，更准确地说，摆在面前的其实是一个学生的心情。我能看出，他是以另一种姿态在寻求我的帮助，懂得他才能真正地引领他。从这封信中可以看到，怎么善后，他已深思熟虑，完全可以自己处理好了，我相信他能做到。

我小心地折起这封信，收藏了一份信任。这个上午，我像往日一样平静地走入班级，像往日一样开始上课，完全忽视闪烁在那个孩子脸上的丝丝惶恐。放学时，我递给他我的回信。

孩子：

读完你的信，我想这么称呼你。我感受到你的诚恳，你的信任，也感受到你的压力，你的愧疚……当然，最深刻的感受就是：你是一个孩子，一个心智比较成熟的孩子，一个内心有些茫然的孩子，一个需要引领的孩子。

有一点你想错了，我看到那个本子时不是生气，而是意外、吃惊，我想不到五年级的学生能说出这样的语言，即便是恶作剧。很多道理你都懂得，无需我多说，我想，经历这件事，你起码领悟到什么叫"三思而后行"，一时冲动做的事，要花多长时间去后悔与担心啊。这种焦灼的状态与一时的痛快相比，付出的代价实在太高了。事实上，那样的恶作剧除了伤害他人，并没有使你感到痛快吧！

孩子，能够反省自己，能够面对自己的错误，承担自己的责任，这是可贵的品质，我欣赏这样的品质，我看到一个男子汉的勇气与担当。你在乎同学，在乎老师，在乎家长，问一问自己为什么会在乎？那是因为你爱他们，你怕伤了他们的心，你希望在他们面前做最好的自己。其实，孩子，每一个人都想成为最好的自己，关键是有没有按照自己期待的去做。成长的过程中，谁都会有犯错的时候。有时候，我们要感谢这些错误，它们让我们从中看清了自己，了解了自己的不足，明白了自己的问题，我们及时调整自己的行为，这才是真正的成长。每个人的人生都是由自己选择出来的，以后你会越来越明白这句话。我相信，以你的心智，你清楚自己应该如何调整，我会看着你迈着坚实的步伐向前的。

至于这件事最终就由你自己去解决吧，我相信你能妥善解决。你知道吗？每天看到你们课后一起打篮球、一起嬉戏，看到你们有读不完的好书，看到你们上课侃侃而谈，我深感欣慰，也非常羡慕。童年之所以难忘，让人终生回味，是因为它单纯、美好、自由、无忧。孩子,珍惜这个美好的季节,享受这个美好的季节吧!做一个阳光少年,不要留下遗憾。这是我最想对你说的。

祝天天快乐,天天充实!

你的老师
4月23日

这之后,我果然看到了他的转变,上课的状态回到了从前的专注,值日时,他所在的小组也不再拖拉。一次偶然,在他的语文试卷上,我看到了他写的这样一篇文章:

一封信

信,是人们交流的方式之一,而这个时代,人们交流的方式发生了很大的变化,打电话、发短信、上网聊天、电子邮件……喜欢追逐便捷与潮流的人们渐渐把写信这个交流方式给忘得一干二净了。但是,在我的童年中有一封信是那么重要,我永远不会忘怀。

有一次,我做错了事,心里十分不安。我给老师写了一封信,在这封信里我讲述了内心的感受,主动承认了错误。我没想到老师那天给我回信了,我读着老师所说的每一句话,有一种想哭的感觉。

老师那封信里有一种关爱的力量,她没有一个字眼在批评我,只是一直在告诉我她的感受,可是读着这封信我比受到批评还难受。她没有叫我写检讨,这是因为一个老师对孩子的信任,老师相信自己的学生有能力自己解决好这一件事情。老师也没有把我犯的错误告诉家长,因为她也相信她的学生不会再犯同样的错误,再也不会被那样的小石块绊倒!

"信任可以征服一切!"这是我的理解,老师的信任已经把我征服,我突然发现我跟老师好像没有距离,就像跟我的爸爸在交谈,跟我的妈妈在说话。信任,使我们的师生关系变得亲密。

对我来说,那是一封珍贵的信,我读到的绝不仅仅是文字,更多的是信任与关爱。

读着孩子的文章,我内心很是感慨,对于有反省意识的孩子,信任的力量直达心底,谢谢文字无声的传递,恰是于无声处,我听见雷声的震动。

想一想,写一写:

1. 在师生往来的书信中,有很多动人之处,结合具体内容,说说你的体会。

2. 你赞成文中老师的教育方法吗?为什么?

3. 很多时候，书信能让我们吐露心底最真实的声音。那些想表达的感谢，那些不好意思说出口的歉意，如此种种，在书信里可以自然真诚地流淌出来。请选择一个对象写一封信吧。

名字的后两个字

徐圣玺下课走到讲台前问我："老师，你怎么总管朱卓玥叫玥玥，管赵诗玉叫诗玉呢？"哦，课堂上我刚提问她俩了，他听得还真仔细。"怎么呢？这样叫不好吗？"

"好啊。我爸爸也总叫我名字的后两个字。"

"圣玺？"

"嗯。"

哈哈，典型的争宠呢，我逗他一句："那我可以这样叫你吗？"他的引导立见成效，好不得意，一张脸快乐得像快绽放的花蕾，但多少也泛了一丝羞涩，他连连点头："嗯。"

"圣玺，帮我把笔筒送去办公室吧。"他答应了一声，抱起笔筒一溜烟地走了。

想一想，写一写：

谁没有这样天真可爱的时刻呢？回想一下自己的童年，也写一个可爱的片段。

"大傻"不傻

我喜欢叫他"大傻"。给学生取外号可不好，但这个词比他的名字更能传神地展现他的特点，所以我悄悄地用了。

浩然是今年转来的新生，四年级，已经是一米六几的个儿，高倒罢了，还胖，胖也正常，还特幼稚。"老师，老师，我的头发快着火了，哎呀，太热了！"做完操他一边揪着自己的头发，一边追着我喊。"那快找个地方凉快去吧。"他"哦"了一声，一蹦一跳，喜滋滋地跑了。邹老师说得对："我想，他给你带几年还是会这么傻。"是啊，谁叫我这么喜欢那些憨憨的、不藏任何心机的天真面孔呢，实在是太可爱了，见了都想笑。

就这么个快乐的人今天可快乐不起来了。"琳琳头上流血了，浩然给弄的。"学生这么告诉我。我赶紧带着浩然飞奔到学校医务室，医生正在处理伤口。剪去伤口边一缕缕头发后，医生说伤并不严重，只是后脑勺上不好包扎，得去医院。虽然流了很多血，好在是破皮流血，不需要缝针。我听见医生这么说心里轻松多了，琳琳大约因为疼或者委屈或者怕，长一声短一声地哭。浩然急得团团转，一个劲儿说："对不起啊，对不起啊，是我不好。"我指着沾满鲜血的衣领让他看，他看见血迹，吓得抱住了头，好像自己后脑勺流血了。"哎呀，哎呀，琳琳，对不起啊，我真的不知道这么严重，怎么办，怎么办啊。你打我吧，你打我吧。"他说这话时，几乎要跪下去了。看他紧张成这样，我和医生不合时宜地笑出来。医生说，他这样子真像产房外的丈夫。

哼，让你急，看你还惹祸不？

我带着琳琳准备去医院，他要跟去，医生说："不用了，你去上课吧。"大傻说："可是我不放心她的伤啊。"我也说："你回去吧。"

两节课后，我们从医院回来。一进大门，只见大傻正在楼梯口翘首以盼，手里的纸巾已经被泪水打湿透了。我问他怎么不去上课。大傻说："我不知道她的伤势，不能安心上课啊。"这话从这么幼稚的人嘴里说出来的确有些让人心疼。我安慰了他两句，叫他先回教室了。

之后听说班里有同学因为这事踢他书包。我赶在放学前走进教室，教室里霎时安静下来，可能大家习惯用寂静来酝酿一场暴风雨。但是我让他们意外了，我说："谁能把这件事的经过讲述一遍。"

有个孩子说："他们一起玩，不知道怎么回事，浩然把琳琳抱起来摔在地上。"

我说："注意自己的措辞，任何人不得想当然夸张，只说自己看见的实情。"

另一个孩子说："他俩本来在一起玩，我看见琳琳拉浩然，浩然就把她抱起来，结果摔倒了。"

更多的人证实了这个事件的过程。我说："课间的安全，老师已经重复了无数回，可是你们非要等到出事了才能认识到它的重要性。尽管受伤的人值得我们同情，但是很多时候，这样的伤也是自己没有安全意识招惹出来的。我说这话，并不是帮浩然同学开脱，他今天已经知道自己的过失了。"

我描述了他的紧张不安，然后说："从他的表现，我可以看出他其实是一个很善良的孩子，恨不得受伤的是自己。尽管他误伤了同学，但是他敢于承认自己的错误，没有推诿，他担心的是同学的伤，而不是自己受罚。可是有些去踢他书包的人，你们解决了什么问题，无非是添乱，只是让老师忙完那里，回来再解决这里。况且，有些同学遇到事情后，不是先检讨自己，而是责怪他人。但是浩然同学一句这样的话也没有说。"

很多同学垂下了头，我说："老师不是要批评谁，而是想就今天的事件我们一起讨论，怎么避免这样的意外事件发生，万一发生了意外，我们怎么做才是合适的。下午的班会课，我想听听你们的发言。"

据说，我走之后，那些踢浩然书包的同学一个个找他道歉。当然，下午的班会课，同学们讨论的结论正如我的期待。我想，孩子们必将在这些偶然或既定的事件中学会处事，再到处世。

想一想，写一写：

1. "大傻"是一个怎样的孩子？你从哪些地方可以看出来？

2. 文中，老师跟学生交流时强调："注意自己的措辞，任何人不得想当然夸张，只说自己看见的实情。"你认为老师这样的强调对不对？为什么？

3. 如果你是这个班级的一员，经历整个事件，你学到了什么？

电 话

那天中午很奇怪，午睡起床，突然天旋地转的，我试着站稳，再迈步，又晕眩起来，我想跟同事描述自己的状态，张口却很想呕吐。看来这节习字课没法去上了，我趴在桌上，请邹老师帮我代这节课。

症状持续的时间不是很久，一会儿就过去了，我属于好了伤疤就忘痛的人，晚上回家哪儿还记得这事啊？玥玥妈妈打来电话时我直犯迷糊："孙老师，你病了吗？""没有啊。""玥玥回家跟我说，老师今天头晕不能上课，她嘱咐我一定要叫你去看病拿药。"天哪，这小家伙，她认为她的医生妈妈应该懂得这些的。"她很着急啊，还打电话告诉龙可欣了。"果然，刚转学走了的龙可欣电话马上就打进来了。

唉，唉，此时此刻，我觉得语言都很多余，一些甜蜜的小虫子爬来爬去，我只听到自己的叹息。

这些水晶做的心，这些降落凡间的天使。

想一想，写一写：

> 有时候，关心就是一个电话；有时候，关心就是实际的帮助。你一定有关心别人，或者被人关心的时刻，想一想那些温暖的时刻，记下它们吧。

他变了

就教育而言，很难说一次谈话、一次家访、一次批评、一个活动就可以彻底改变一个孩子，我一直以为教育是长期的潜移默化的浸润，我们看到的改变是由无数的细节积累的量变到后来呈现出的一种质变。

可是对于冲冲却有些意外。这个孩子在班里个子最大，性格最内向，从一年级开始就表现得极不合群。对于这些情况，家长也非常清楚，应该是幼儿园时就得到过老师的反馈，发现这一点，我安排他每天清早领读，他高亢的声音里有一丝骄傲，但走下讲台，他仍然在自己的独立王国里。

一晃三年过去了，孩子们都长大了，他们小小的心灵真是一个奇怪的世界，有着他们彼此认同的法则。你可以认为是他们懂得理解、懂得包容了，又或者是孩子们能自建秩序，尊重人的差异性。比如有老师课堂上请冲冲回答问题，冲冲不理会，有的孩子会紧张地回过头去看他，有的则悄声告诫老师："老师，你别点他了，他会哭的。"有时真如他们所言，冲冲哭了。我也遇到过这种对峙，孩子们同样担心地说冲冲会哭的。我轻松地帮他解释："怎么会呢？冲冲肯定不会哭的，因为没有什么要哭啊。"

这一次家访我去了他家，他躲在房间，我进去看他，他更害羞了，干脆在墙角贴墙站着，脸上的神情变幻着，我解读出他的激动、紧张、兴奋，甚至某种幸福。我劝他妈妈不用逼他出来打招呼了，我了解他。

第二天，他到校后，所有的作业再不用别人催交，每节课的每个问题都会主动举起手来，被点名则高声清晰地回答。

这种没有循序渐进的突变让大家都很吃惊，当然也很能习惯，同学们不再担心他会哭了。我想，也许一直以来，他内心其实很在意老师是否重视他吧。我后悔从前没有及时地家访，好在，好在补了这一课。

想一想，写一写：

1. 读完这个故事，你认为冲冲是一个怎样的孩子？从哪里看出来的？

2. 为什么一次家访能使冲冲发生那么大的变化呢？请你分析一下原因。

3. 你希望老师家访吗？想象老师去你家家访的情境，并写下来。

那些阳光的碎屑

也许是因为生活本身的平淡,所以他们总想制造惊喜。他们期待戏剧的效果能表达或者放大情感,在他们编排的戏剧中,我常常成为主角。

我想说我常常被他们感动。但是,"感动"实在是一个清浅的词语,它在不同的场景中被泛滥使用,一不留神就从齿缝间蹦跶出来,那么平常那么随意,在无数次的重复中失去应有的力度和重量,因此,我总不知道该不该说这个词语。有时,我还会怀疑成年人有一种异化的成长,他们能够漠视生命中细小的事物,呈现一种似是而非的洒脱,很多人说这叫成熟。

如此,我常常处在犹豫中,忍住一颗真正感动了的心,忍住那些克制后还会奔流的眼泪。不说!什么也不说。仿佛说了是一种亵渎,仿佛说了是一种炫耀,似乎只能用沉默来珍藏。

可是时间带走阳光和带走尘埃一样,它勤俭公正地清洗着我们身后的影子,没有什么能留住当下,那么还是写下一点文字吧,说给没有异化的成长听,也为他们的成长做一份记录。某一天这些片刻都将在时光中飞散,而文字会一直伸长手臂,挽留住这些记忆。

一

在他们那里,六(3)班,似乎成了一个专有名词,只能他们使用,别人升至这个班级,他们会抛出一个疑惑的眼神,他们真霸道啊,离开了还要为他们保存这个称号似的。就像菁菁对我表示的不满:"老师,你说'我们六(1)班',我听着好不舒服啊。"啊,霸道的孩子,我也只能属于六(3)班。我们的灵魂被搁在这个团体中了,离开,重组,让我们如此不适应。

他们还能清晰地讲述那一刻,离开的那一天。

那天是小学期末考试。清早,我看到办公桌上摆放着一个精致的礼品盒。什么呀?拿起来沉甸甸的,张老师说:"你们班雅凤一早送过来的。"我拆开粉色的包装纸,一叠整齐的A4纸张,按照他们的学号顺序理好,填写了各自的信息和留言。60份,每一个人都在,他们什么时候开始准备的?是让我不要忘记吗?是要把他们一直留在我这里吗?这些孩子。

特殊的时候,因为学校房屋加固,没有毕业典礼。于是放学的这一刻就是我们这个班级离别的一刻。

他们都坐下了,仍有一贯的笑闹。我开始说话了,我说:"我想,今天是我们最后一次相聚在这间教室……"教室里霎时安静下来，空气似乎渐渐被冻住，再想说什么的时候，女生已经开始嘤嘤哭泣，然后男生也开始落泪。似乎不需要语言，这些孩子，淘气的圣玺、多情的泓希，还有稳重的识唯、成成、逸伦……都开始哭了，女孩子更是。我不忍仔细地看他们的面孔、他们红肿的眼睛。

我哽咽着，说："来，一个一个抱抱你们吧。"孩子们安静地排队，一个一个走上前来拥抱。我感受着他们的力度传递过来的深情，珅珅、杨杨也能哭得这么奔放。每一个孩子都是一个丰富的世界，六年来，我熟悉他们的气息，他们成长中伸展的脉络。

窗外有其他班级的学生围观，教室里的哭声旁若无人。我离开了教室，但是很多孩子一直在校园流连，婧媛、元舒、之梽、赋菁还有几个女孩子，把教室打扫得干干净净，她们要把最美好的印象留在这里。很晚了，他们又找到我再次告别，婧媛说："老师，我好羡慕下一届你教的学生啊。"

可是，他们不知道，我也很羡慕能教到他们的老师。

二

他们已是初中生了，国庆节，约好一起来看我，还有一些家长。

很不一样的感觉，因为联络我们的这根纽带只是纯粹的情感，没有从前的班级事务。这让我又想说感动了，其实还有惭愧，不知道为什么。

孩子们叽叽喳喳，在他们热烈的讲述中，我了解了关于他们现在的一切。学习、生活、各自的班级和同学……他们说呀说呀，要把心底的感受细致地讲出来，不要遗漏什么似的。

雨薇说："惠子，你是不是很想叫孙老师妈妈呀？"我问她："是不是你很想呀？"她说是，然后抱着我，贴过脸来，叫着："妈咪……"她不是热烈多变的女孩，一个清丽脱俗的孩子这样表达自己，我知道要克服心理的阻碍。如此，袭击我的暖流更暖。

艺炜走的时候，还要紧紧地抱了我一下；雅凤又在讲述她们的策划；玥玥这个星期又从市里赶过来相聚；依依说她要单独一个人来看我，有很多话要对我说……

也许以后这些不再，但是今天在，就已经是生活对我们的馈赠。不仅是对我，是对于每个人成长的馈赠，我们都在学习珍惜。

我喜欢听到这些话：

老师，每个班只要有六（3）班的学生，第一名就是我们班的。

我原来在班上好像很一般，但是升到这个班一下子变成厉害的了。

老师，每次办板报，我看见各班都是我们原来六（3）班的学生。

……

她们说呀，说呀，家长的电话来催几次，陆陆续续走了一些同学，但是赋菁慢条斯理地讲述，一条一款，她觉得没有讲完，想再待一会儿。菁菁、艺艺也说她们想再跟老师聊聊，于是我们一起吃饭。

下午男孩子们也来了，显然，他们不像女生那么善于沟通，只有圣玺一如既往地唧唧呱呱，其他孩子多是沉默，问则答一句。这样的无言更叫人心疼，他们来只为看老师。

当然，依依说了，她要单独来，于是晚上跟妈妈一起过来，飘逸的长裙、顺直的长发，委婉着的阳光女孩，他们的成长这样迅捷。她想告诉我的更多，永远不能说完……

三

雨薇妈妈对我说："初一的好几个老师问我，六（3）班是个什么班啊，我们班的孩子一个个总是骄傲地说，我是六（3）班来的。"

看到依依的签名：骗得了别人骗不了自己的心，再也没有六（3）班了。

看到杨杨的签名：这个班跟六（3）班很像。有机会超越！

收到去了厦门的泓希的短信：老师，我想请您帮助我，前提是不要告诉我妈。

……

六（3）班已经不是一个班级了，而是一个符号，这个符号背后有指定的内涵。也许他们在记忆中美化了细节，省略了不愉快，但是，可以确信的是，他们建立了自己大是大非的观念，这些观念很多时候与六（3）班联系在一起。

我知道这些持续的情绪会一点点平息，新的内容和激情将卷走这些孩子。但是，一些观念将在暗处与他们一路同行。

回顾走过来的历程，时光漫漶，事件杂陈。如果一定要提炼，我想，"教师"这个职业应该涉及这样的一些关键词：爱、善、智慧、学识、真诚、美、理解、包容、引领，等等。

很多时候，不是个人有多崇高，而是职业自带光环，因为教师这个职业天然就是影响人的职业，意识到这一点，我们自然对自己多了要求。如此，当我们洒下雨点，孩子们就能伸枝展叶，用一种舞蹈的姿态来回馈生活。

也许我和那些孩子之间的故事可以画上省略号了。但是，我相信，那些孩子会依然保有太阳的光辉，他们不靠反射产生光芒，而是自产热量，照耀他们身边的人。

想一想，写一写：

1. 画出文中含义深刻的句子，读一读，谈谈自己的体会。

2. 师生之情有一种纯粹的美好，文中有些细节特别让人动容。请你回顾自己与老师相处的细节，写一写印象深刻的细节。

盲目的掌声

我低着头，不直视她们，不改变表情，暗自替她们难受着。她们三十出头的样子，从贵州来，从我们的帮扶学校来，是当地的校长。她们是来学习的，按照惯例，临走都要做个总结发言，套话一番美言一番。可是受委托，她们讲述的内容不是学习的收获，而是介绍她们当地艰苦的办学条件、微薄的工资收入，再就是老师的教学热情。

为什么要她们讲这些呢？贫穷落后不是她们的错误，更不是她们的光荣。她们讲学校没有钱建厕所，下课学生得穿过一条马路去对面的政府大院解决；她们讲山区的老师领的不是工资，是家长凑来的苞谷面；她们讲日常饮用的水是楼顶水池里接的涩涩的雨水……距离陡然横亘，只有调动想象力才能串接这一个又一个的情状。

一个女校长哭了，是心在哭泣，她竭力忍住，因为要压抑，她昂了一下头，声音高了八度且有点走音。我恍然记得她最后说：我也不知道我们为什么还要那么认真，反正这就是我的家乡，它贫穷、美丽，我永远热爱它。

掌声很热烈，其中也有我的，泪水在每个人脸上流淌。我不敢看她，我听出女教师倔强的声音里饱含着尊严，这让我由衷羞愧，更深地低下头去。我们要在对比中达到什么效果呢？不着边际的片刻同情，还是隐藏得更深的暗自庆幸？昨天吃饭时，W听到D的股票亏了百分之五十时，大乐，一杯白酒猛喝了下去，因为他亏了百分之三十，比D强。这就是对比带来的快乐。当然，堂而皇之的话也可以说很多，比如责任与担当，但是，应该有更好的方式和途径，让爱悄悄地发生。

我深深怜惜那两个年轻的女孩。

在楼梯的拐角处遇到她们离开，我朝她们微笑，到底不像从前一样自在，她们的脸上晃着一丝刻意拉开的距离感，我懂那种自尊。犹豫了一下，我还是小心地问了："可以怎么捐助你们那里上学的孩子呢？"她们说上学已经免费了。"那还有什么方式可以帮助他们？"她们说把联系方式留给学校，再商量。其实，再小心，此刻说出的这些话都是冒犯，哪怕是你真心实意地想帮助孩子。

想一想，写一写：

1. 本文题目是"盲目的掌声"，你认为老师们的掌声盲目吗？为什么？

2. "应该有更好的方式和途径，让爱悄悄地发生。"你觉得有哪些更好的方式和途径来表达？

在月亮的暗面

童真世界，介入它似乎就是介入纯、介入真、介入善。通常意义上，成年人是这么看待的，他们总是说"无忧无虑"的童年。

果真如此？或者说，这是童年的全部吗？看一些孩子的周记，回想自己孩子的幼时经历，其实远不是这样。他们的忧虑从来不会比成人少，相反，因为担负的能力、自我消解的能力更弱，所以他们内心承受的焦灼与苦痛更深，只是，这样的苦痛成人常常轻看了它的分量。

记不清有多少个孩子写了自己被孤立后的伤痛，留在白纸上的是文字，刻画在幼小心灵上的又是什么呢？

有个孩子竞选落选时写道："我知道此时我不能哭，我要在大家面前保持自己的形象。我像是用一道锁链紧紧地锁住了我的眼泪……"她知道自己落选的原因，"我看了竞争对手就明白了，我们在班级的人气相差太远。"这样的文字读来令人心碎，干吗要竞选啊？难怪日本的义务教育阶段从无考试，有比赛的话也是全班参与的团体赛，孩子们在那样的氛围里学会的是合作。而在我们热闹和祝贺成功的喝彩声中，更多的孩子独自面对的只是打击。

如果仅仅是一次竞选，我以为这只关涉个人的能力，或者能力之外的某些不被他人认可的性情。但是，接下来的一次演讲比赛中，这个孩子出色的表现，只赢得了五票，另一个显然落后于她的选手却得到班级大半部分人的拥举。

"不公正、不客观、人情网、关系链……"这些词语在当下的成人世界里该是司空见惯了，见惯了不等于就能习惯，太痛的时候，仍然会叫的。而那些孩子呢？他们更多的只能是默默承受。我对他们说："我一直以为孩子的世界是最纯洁最公平的，但是你们让我觉得有些惊心，也觉得失望。"我在说失望的时候，其实不是冲着他们，似乎是转向了一种不可知的人性。

再深一点的缘故，我也能看出，这个被孤立的孩子一切的错就在于她去年被选为节目主持人了。舞台上的风光绚丽不过一瞬，这一瞬太夺目，太稀少，因此，灼烧了身边的人。嫉妒是人的本性，分布在每个人身上的份额有差异。当我们还没有学会克制的时候，它释放最本然的能量，破坏着生活中原有的秩序。是的，这个孩子的另一篇日记题目就是"某某，你们为什么孤立我"，这题目仿佛在呐喊，这得是有多少委屈才会发出的呐喊啊。硬要分析，孩子们可以说出很多原因，诸如娇气、性格不好之类，但是，凡说得出的多是借口，真正的那个原因，他们或者认识不到，或者不愿承认。我记得一个二年级的小女生说清楚过这个现象，她把一个女孩的书扔进了垃圾桶，我问她缘故，她说："谁让她穿高跟鞋来学校的！"这就是孩子世界的起因、经过和结果，谁能说那又不是成人世界的呢？

从来，从小，就没有人愿意面对充满嫉妒心的自己，出于本能，他们清楚地知道那样很不好。也是出于本能，他们选择了那样做。人性中的恶是要在自我修习中觉察和疗治的。

想起女儿纹纹小学时也经历过这样的事件，莫名其妙地从那群女生中被隔离出来，惶惶然，不知所措，也追问自己到底哪儿错了。失群，使生活忽然暗无天日，挫败感包围了她。像挑破一个胀满谎言的气球，我索性对她说："既然她们这么反复无常，暂时远点儿就远点儿吧。你看，大动物都是独来独往的。"这话说得轻松，并不能解救她的现状，但是在她心里留下一颗种子，总有一天她会渐渐明白，唯有内心强大，才能不被外界左右情绪。

皓月当空，我们叹其皎洁，只是，任何时候，它都藏有暗面。

想一想，写一写：

1. 你能理解文中那个女孩的烦恼吗？如果你遇到这样的情况，你会怎么想，怎么做？

2. 你怎么看待"嫉妒"这个现象？结合身边的事例，写写自己的看法。

老师，什么时候读周记

交流周记是我班学生极为喜欢的事，每每催问："老师，什么时候读周记？"有时就奇怪了，那么多经典名著，还不敌他们的小小文章，怎么就有那么大的热情？

思量一下，他们的期待也是有缘故的，在同伴的周记里可以听到许多与自己内心应和着的大事小情，不光是一个听者，也是一个见证者，这里面多了一重参与的意味，所以也就有了情趣，多了期待。

不光是学生，其实我也期待着。看他们的周记，总有一些意外的惊喜，有时是流畅的文笔把一件极为普通的事讲述得曲折有趣；有时是满腹委屈诉诸笔端，需要一个理解的人；还有的时候是对一些现象的关注思考，对生活的一点反省总结。这些小小文章里，有着最可贵的真。透过这些真，你可以洞见他们内心世界的种种状态：困惑、喜悦、烦恼、失落、沉思……凡此种种，都有着可以触摸的质感。

批阅时，我会挑出一些文章，每周留出一节课交流。好的习作，是拿来欣赏的，听着简简写的童年童话、紫宜写的中秋节散记、星宇点评新换的于老师，他们或许有人自问：怎么我就没想到写这个事呢？

读迪思写的美食，能听到有同学吞咽口水；听子桐写的乡下闲适狂野，一些人的心也跟着飞到村野云端去了……

刚换了座位，以为不过是小小的事，但在他们那里还真不是小事，心里波澜起伏，松亭说："我对同桌的要求是，不是赵仲轩和暴力女就行，还有上课时不要找我说话，我找他，他也能不理我。"应霓写道："希望可以坐到前四排,要个成绩好点儿的同桌,我双手合十祈祷着。这点要求不过分吧,上天,满足我吧!"吴宣谕说:"看看四周的人,我的心情像坐过山车一样飞驰。虽然政楠在前方,但嘉琳会管着他;虽然仲轩在斜后方,但是松亭能管住他。一定是上次的测试过关,老天给我的奖励。"懵懂的内心情状汪成青涩的湖,湖水里倒映何不是你我的童年呢?

欣赏文字之余,有时候,一些学生提及的话题也很值得讨论。广森写了篇《追星一族》:"我们班很早就流行追星了,有的追人气组合,有的追某一个明星。虽然他们追的明星不同,但他们有一个共同的特点:不允许自己追的明星遭到别人的质疑。如果有人说:'那个明星有什么了不起的?'换来的将是一阵乱骂。追星者的方式很夸张:时刻观察QQ动态,看看自己追的明星有什么动静;遇到喜欢同一个明星的同学,立刻把他视为知音,下课一起聊得热火朝天;自己追的明星发了一首歌,这首歌必然成天在他嘴里哼哼着了……"

读完我问了一句:"我们班哪些同学追星?"唰唰唰举起了一些手,这些同学举手的同时,脸也一下子鼓胀通红,仿佛猛地被注入了兴奋剂,抑或是他们的星瞬间加持了某种特别的能量。"都追的谁啊?"叽叽呱呱的声音,说的多是我不知道的人物。好吧,我承认,这是你们的时代。"为什么会追他?追他就是了解他的身高、体重、爱好吗?还了解什么……"遇到这样爱刨根问底的老师,你有什么办法?追问下去,最终有人会领悟到这些:我们追星,更重要的是要了解我们喜欢的明星为什么能成功,他们付出了什么样的努力,我们要追的是他们的这种精神。还有同学说:不光是娱乐明星,那些科技明星、知名作家,不同的领域,都有值得我们追的星。

伟成有篇周记《人缘》,他写道:"在我眼里班级就是江湖……在江湖生存了六年,我明白了有一个技能非常重要,那就是好人缘,这是江湖生存的第一要点。即便你没有什么特别的本事,但是只要你人缘够好,你也能在江湖上混得不错……"

我只得惭愧地点评:我都没你活得明白,真心佩服啊!

学生可不这么绝对,他们的看法更客观,看看他们的评论:人缘也要看用在什么地方,竞选的时候,还是要考量个人能力,不能凭人缘乱选。

嗯,我还有什么话好说的?

也是对于这世界的一个看法,恰好洁洁写了《谎言之外的我》,显然,她在影射这个社会的暗区。大概是负面消息看得多了,网络时代坏消息传播得更广更快,孩子们大脑中的社会真是酱缸一坛了。起码,在洁洁的臆想中,所谓社会,就是一个充斥着谎言的复杂结构,但是,她立志要活出真我,要做这个谎言之外的"我"。多有勇气的女孩!洁洁的最后一句"社会,我来了!"像个女汉子有纵身一跃的姿态。

自然,我们绕不过去这样的一场讨论:何谓社会?真的就是假恶丑的组合体吗?不是的,真善美也是其中真实的存在。做自己,没有错,但是也要相信处处都会有美好,有你的同行者。

……

就是这样一群半大不大,有些看法却依然懵懂的孩子,他们急需表达自己,不再是一味地接受,他们渴望自己的想法被认同,被接纳,被理解,被肯定。而这,正是我们的职责所在,只不过,认同接纳理解肯定之外,我们还有不能逃避的另一重责任——引导。

借助周记这个自由书写的平台,能够清晰地看见学生情感、心灵、思想的成长,它们像春天里恣肆生长的树,元气充盈,汁液饱满。偶尔,那几根旁逸斜出的枝条招摇一下,我们拨弄拨弄就更有了情趣意味。

"老师,我们什么时候读周记?"像他们一样,我也从周一开始期待。

想一想,写一写:

1. 文中学生的周记涉及了哪些主题,你对哪一类主题比较关注?

2. 自由放飞心灵,把最想说的话写在自己的日记里吧,随便写什么,随便怎么写。

在戏里,在爱中

早上有两节语文课。第一节课欣赏我们班级的轮流日记,是应霓写的一件神秘的事,给一个人准备礼物。结尾一句是这样的:"你们猜猜看,那个神秘的人是谁?"全班异口同声地喊起来:"不准说!谁也不要说!"他们的眼睛和嘴巴都要锁住一个秘密,这个秘密把一张张脸蛋涨得红通通的。

我突然有点儿不安,难道跟我有关?如果是,多不好啊。一时间,我和孩子们的内心都起了小小躁动,像夏日粗重的雨点儿砸在路面上腾起的烟尘,很快,又被水汽吸回土地里。我和他们也很快回归了平静的课堂,但我总觉得这节课他们有些魂不守舍。下课时,我叮嘱他们,不要擦了这些板书,下节课会继续用到。车宇舜几个同学意外地说,我们要用一下黑板,行不行?

看着这几个人祈求的目光，我说："那你们用完后，把板书写上去。"他们瞬时欣喜，一个个点头如小鸡啄米。

于是有了一节很不一样的课。我走入教室前，被几个女生拦住，她们说要蒙眼才能进去。我大约能猜出这是一曲怎样的戏了，于是很配合这场演出，由着她们拿红领巾蒙住我的眼，站在教室门口，这时高亢的童声响起："祝孙老师生日快乐——"似是意料中的更是意料外的，黑板上有精心描画的图案与祝福，不知哪里突然来了两束花，大把的黄玫瑰束在天蓝的缎带里，还有一大束的香水百合与红玫瑰。我被惊到，一开口说了一句很俗很煞风景的话："天哪！你们哪儿来的钱？"这些眼睛这些嘴巴这些笑脸告诉我：大家捐的！还有蛋糕马上就到！

我不得不继续俗下去："怎么可以这样呢？你们花了多少钱啊?!"说不清这瞬间的感觉，感动之外，更强烈的感受就是不应该如此啊，这让我内心生出极大的愧疚。不知道说什么了，只会跟他们撒娇："我不想过生日的，我不想多长一岁呀！"

蜡烛是有的，打火机也是有的。他们问："老师你多少岁？我们好点蜡烛。""反正少点儿就对了。"我说。被宠的人大约都是这样无理的吧。

他们安排我吹蜡烛，他们安排我许愿，他们给我唱生日歌，他们安排我接受礼物，他们安排我分蛋糕……他们就这样把戏一步步导入高潮，我只是一个不知情的主角，跟着这群"导演"往前走。天知道那些繁复的邀约与组织，那些层出不穷的花样是怎么在一夜之间练成了的。蛋糕一份份传递下去，笑闹声不绝于耳，他们沉浸在蛋糕的甜蜜中，沉浸在自己导演的这场成功的情景剧里。我沉浸在他们的感情里。

孩子表达爱的方式是戏剧化的，因为戏剧中的爱可以描画得更浓郁，恰如他们内心充沛浓稠的情感。

想一想，写一写：

1. "戏剧化"是什么意思？这个场景的戏剧化在什么地方？

2. 有时，意料之外的惊喜似乎能加重喜悦的分量，如果你想送给爸爸妈妈一个意料之外的惊喜，你会做什么呢？

一颗一颗亮晶晶

带这个班级不足一年,相处中慢慢建立信任。如果说信任是支撑班级的骨架,那么情感就是使班级丰盈饱满的血肉,有了它们,班级温情漾漾。比如那些闪闪烁烁的小感动,一颗一颗亮晶晶。

洁净的讲台

踏着铃声走到教室门口,眼前顿时一亮:讲台上笔盒、书册摆放于一角,它们排列整齐,是静静等待的姿态;桌面洁净无瑕;黑板有抹布擦拭后的浅浅水印,挪在合适的地方,中间闪亮的白板,仿佛教室里咧嘴而笑露出的白牙。

孩子们在诵读古诗,我走上讲台,心情就这样一瞬间好了起来。因为我知道,这小小细节是他们送给老师的欢迎仪式。忍不住问了一声:"谁把讲台收拾得这么干净啊?"他们说:"闵安琪!"

老师小心手

放学后,跟几个老师一起整理学校展板。很晚,回办公室发现有核桃,喜红拿了在门边夹碎外壳,香香脆脆地吃起来,我也效仿拿起一颗去夹。恺均正好进来看到,他说:"老师,你小心点儿,别夹到手了。"

小感动又油然而起,表现出来的只是在喜红面前的轻声炫耀:"你看,我的学生多关心我呀。"哈哈,让她羡慕去。

那节课

这天早上,我一不小心就犯了糊涂。上完早读后,硬生生忘记第一节课是我的,直接上楼去饭堂吃早餐了。

有一年时间没在学校用早餐,这一来看见荫妹和丹丹亲切的脸,就走不动了,边吃边聊,不知食物滋味,但觉言谈酣畅。洗罢碗,我好生感慨:"今天上来吃早餐是多么正确的选择啊!"

回到办公室,吴老师问:"你去哪里了?你班是你的课哦。"瞬间石化,拿起书本就往教室跑,教室里静悄悄的,孩子们在看书,讲台上站着星宇和赵福,看样子他们在负责管理。我歉疚地对他们说:"哎呀,我有罪呀,我忘记上课了……"他们叽叽喳喳地说:"老师你去哪儿了呀?"我不好意思说出实情。一打听，我没来的时间里，大家都在看书呢。这让我大松一口气。好吧，明天的阅读课讲课吧，权当换节课了。

下课后，周继业跑来跟我说："老师，没关系，谁都有忘事的时候。"

为了这甜蜜感觉，我要奖给每个孩子一颗糖，也让他们分享分享。

我爱我班

但凡班级有点事，我即可在讲台上一挥手势：谁来？

我！我！我……

底下一片举起的手。他们要争着做的事情是这些：布置手抄报、冲洗活动照片布置照片墙、布置教室桌椅、负责体育器材……

我总是特别欣赏这些敢于担当的孩子，他们小小的心里有一种责任和热情。孩子们不仅做了，而且做得那么好。温佩喻、陈语组织女生布展的手抄报充满着情趣；彭伟成、罗广森、车宇舜组织男生每次都把桌椅按要求摆放得整整齐齐；活动的事根本不需老师操心了，有吴宣谕、张政楠还怕什么不能完成呢？至于应霓、廖嘉钰这些默默无闻的孩子，定然会关注班级的细节，她们总是走在最后，关好教室的风扇和电灯；哦，还有每日一诵的抄录，那都是张静雯、张雅洁工工整整抄录在黑板上的；至于大宝小宝、刘艺睿、黄嘉琳，嗯，她们时刻想着创作，想着给大家带来精神大餐呢！还要提提我们的照片墙，林锦松这个淘气包可也出了不少力……

数不过来了，还有那么多可爱的面孔，那么多可爱的事迹……一切只因为我们爱我们的班级。

善意花朵

批改学生的周记，常常不自觉就牵动嘴角笑了。有时在教室被学生看到，他们会在课后围过来问："老师，你笑什么？谁写了好笑的事啊，念给我们听听。"哈，这些小家伙在偷偷观察我呢。

好笑的事多着呢，比如高雅写的这篇，关于我发脾气的事。我又想起了那个该死的考试，对学生提了一堆的要求，难为这些孩子。又是2B铅笔填涂，又是黑色签字笔写指定位置，只好一次次不断强调。检查铅笔时，还是有些粗心鬼忘记带2B铅笔到校，下午就要考试了。我一着急就生气了。这气生得好不冤枉啊，后悔了我一整天。我可不想让学生记住一张生气的脸，再说，我一直以为，发脾气不是在解决问题，只是在宣泄情绪，不好不好。高雅一字不漏记下这天的事，记下我的后悔。事过之后，看学生的记录就觉着可乐得很。

既然学生记得这么清楚，以后更不要发脾气了，就让他们记着我的好吧。比如像高雅上次的作文，我的语文课对她阅读的影响；比如邓洁眼中的语文课;比如郑迪斯眼中的我;我记得还有李雨尘、彭伟成、黄嘉琳、刘艺睿、徐恺均、陈怡桦等一些同学写出的好感。这里都流荡着真情,这情意是孩子纯洁的心灵中开出的善意花朵。

想一想,写一写:

> 搜索一下自己的记忆,你应该也经历过很多美好的瞬间吧。把它们写下来,时间就带不走了,而且,你每次翻阅,美好就会重临心头。好了,你可以静静地想,慢慢地写了。

动物篇

它的眼，泪光闪闪

走过来走过去，悄无声息

记忆是奇怪的滤纸，时间的长河里，它滤去了什么，留下的这些什么时候冒出来，又为什么冒出来，谁也不知道。突然地会想起它们，似乎并未特别地亲近过，可是它们却固执地留在记忆里。我想，一定是它们的存在伴随着生命中重要的感受：温暖、柔软、惊奇、爱、欢喜，还有恐惧……

一

秋日清晨，祖父拉开门栓打开大门，阳光霍地一下铺了个金黄色的长方形在堂屋的地面上，踩着这光线走进来一头小兽，大摇大摆，旁若无人。它金黄色的毛在晨光里泛着光彩，尾巴高高翘着，不可一世地"喵"了一声，我还以为那是一条狗呢，从未见过体型如此硕大的猫。

祖父忙不迭地拿了大碗盛饭拌汤，试探着连声叫唤，猫竟跟随他走到后院里了。祖父把碗搁在院子中央就远远躲开，猫一步一步走近饭食，缓缓低下高昂的头，在偌大的院子里慢条斯理地进食，似乎这是特为它修建的宫殿。它初来乍到，却俨然高贵的主人归来。

祖父吩咐我们这群小孩："千万不要走上前去，它可能是只野猫，会伤人的。"

我问："那你干嘛收留它？"

祖父答不上来，他只管说："离它远点就是了，看它吃完饭去哪里？"

这时的祖父也激动得脸色潮红，恐怕他这辈子还是第一次见到这么大的猫呢！他一下犯了淘气，带着几个孙子躲藏在门后悄悄观望，生怕被猫察觉。我们也跟着慎重起来，以为那来历不明的猫是何方神圣。

吃了这餐饭，猫就留在我们家了，它每天宿在何处，我们也不敢多探究。老房子有一间闲空的堂屋，巨猫总是从连接的走廊处缓步踱过来吃饭。它一出现，先看到的人总会压低声音报告："猫来了！"于是我们一哄聚了过去，照样小心翼翼地远远观望。巨猫昂着头，四肢撑得笔直，每一抬腿似有锣鼓伴生的节奏，走得昂昂然悠悠然，还是那般目中无人的姿态。远远望去，它眼睛晶亮，眼神凌厉，红色的舌头外伸的一瞬，可见獠牙，这使它在神秘之外又添了几分威严凶狠。看这样子，它是不屑于捕鼠的，或者，有它的气息在，鼠辈都望风而逃了。

某一天，到了饭点没看见猫端着架势慢慢踱来，祖父去闲屋找找不见，既然不见，我们几个胆子也壮了，跟在祖父身后一间屋子一间屋子"喵呜喵呜"地唤，但哪里还有它的踪影？

巨猫走了，我心里数了数，它在我家待了整整七天。此后，我再也没有见过那么大只的猫，没有见过那么神秘的猫，没有见过那么不像猫的猫。后来听说"猫王"一词，我脑子里立刻浮现这只七日之缘的猫来。

二

小时候的印象里，家里总是有猫的，脚前脚后都晃着它们的影子，它们像墙壁上的画、堂屋的木桌，跟这房子是一体的，虽然有时换了样貌。多的时候，还晃着几只呢，大约是因为家里养了母猫，一窝一窝地生出小猫来，才有这份热闹。

没怎么理会过那些大猫，它们总是一副自有主张的派头。有时是灰黑的一只，也有黄白毛色交杂的，总之，长得都不得我心，样子还老成持重，眼神疏离，也根本没有理会我们的意思，只在饿时才追着祖母求食。我们偶尔心血来潮会摸一摸它们顺滑的毛，更小的妹妹，会追赶它们，拉扯它们旗杆一样的尾巴，它们不驯服也不反抗，顶多放大声量一"喵"，表示不舒服。

拿一条长绳逗小猫的事常有，绳子抖动，小猫憨憨地一团捕抓过来，信手一提绳子，小猫扑了个空，有时被它抓住，它也烫手似的丢开。来来往往地游戏，很快就挑逗烦了，小猫还欢蹦乱跳地捕个没完。一旁的暖阳下，大猫眯着眼打盹，这样的游戏很不入它的法眼，它已然得道，有看破尘世的超然。

冬天早晨醒后是要赖床的，扯扯被子变得重了。一看，大猫什么时候跳上床来，压在被子面上了，气哼哼地把它赶下去，想着它无处不踩的脚，在被子上拂打不已。

三

祖母管完一家人的饭后，再管猫的饭，鱼汤拌饭里有时露出鱼头，我看着都觉得香。祖母端着猫的碗，猫竖起尾巴一路娇声娇气颠颠儿跟着，求祖母放下碗来。猫对我们有感情吗？特别是对祖母有感情吗？我经常感到疑惑，因为在猫们恒定的表情上，我看不出它们的内心，倒是在变换的腔调里，还能分辨情绪的差异。

祖母有一个故事，每次讲起，最后总要拾起衣角擦擦眼睛，人老了只有泪意，流不出泪水。南怀瑾先生总结过，他说人老了很可怜，哭的时候没有眼泪，笑时反倒流泪了；当前的事情转身就忘记了，久远前的事情反倒变清晰了。我写这些久远的印象，也是渐老的缘故吗？

祖母说："那还是住在和平街的时候，家里养了只母猫，一生一窝，每天要吃，得不少饭食喂。那个时候各人家里都不容易，送也没有人要。几次把大猫抱出去想丢掉，它不知道怎么又都找回来了。后来，托人把它带去乡下，哪晓得过了两天，我清早开门，看见它就蜷在门口，浑身湿淋淋的。那可是个大冬天哦，到乡下隔着府河，那么冷，河上结着冰，都不晓得它是怎么过河找回来的，丧良心哦……"祖母开始擦眼角了。我们急急追问："后来呢？后来你没有再丢吧。"祖母说："哪儿还忍心丢啊，再怎么着也要养！人吃什么它吃什么。"

　　远在我们出生之前，那只猫就已经老死了，可是祖母每讲一次，我们都会为它再揪心一回。

四

　　一个远房的亲戚去世了，我并不熟悉他，甚至不记得他生前的样子，但还是被打扮一新，跟随父亲前去吊丧。亲戚家门口，五颜六色的花圈沿墙壁摆了一长排，彩色的金箔纸扎成的花在阳光下很是炫目，异样的艳丽因为连接着死亡，只让人觉得凄厉，目光触碰，心里生出恐惧。鞭炮乱响，有穿麻衣的人悲腔唱数，正担心她换不过气来，突然她又平静地跟身边的人说话。门前的空地上都是奔跑玩耍的孩子，男孩子捡了零星的爆竹一个个点燃扔出去，吓得女孩们一阵惊飞……这是我第一次看见为一个逝去的生命而举行的仪式，有一点热闹，有一点华丽，有一点欢乐，有一点悲伤，但我都不在其中。对于一个孩子来说，没有情感的连接，也就没有任何的触动，除了一点臆想出来的恐惧。

　　也是离去。我家的猫不知吃了谁家药死的老鼠，回家后卧在地板上，一声声痛苦呻吟。母亲一边抚摸它的背，一边责骂那些下老鼠药的人家。这些并没有使猫好受一点，昔日生龙活虎的魂从它身上飞离了。前一天，它逮到老鼠在院子里玩弄，老鼠在它的爪下吱吱惨叫，它稍一松开，老鼠往外一窜，它更快地捕住，来来回回地松开、抓回，直到老鼠不能动弹。它享受君王一样操控的权利，慢慢享用胜利的果实，那么悠然自得。

　　此时，我们围着这只猫，无能为力地看着它经受煎熬，妹妹一边哭一边清扫它的呕吐物。从中午到晚上，整整折腾了半天，渐渐地它声息微弱，直至僵硬。我发现那一刻到来时，除了悲伤，我心底其实悄悄舒了口气，它终于不用再痛苦了。

　　传说猫有九条命，那个夜晚一定有一道白光从猫小小的坟墓上飞出，我家的猫又蹦跳在另一个屋顶之下了。

那些阳光的碎屑——跟着作家教师读生活学写作

它的眼，泪光闪闪

怕狗，会做一个重复的梦，被一群狗追逐，越来越近，直至惊惧醒来……大约是这个景象太深刻了吧，后来我也分不清是梦是真。

小时候，家里养有一条狗，白色，瘦长的身架，从我记事起，它便在了。泪光闪闪的眼，尖尖的脸，常是沉默地趴在家门口，它从不乱吠，沉默里仿佛有着自己的尊严和教养。常见的人走过，它保持那副打盹参禅的模样，若有陌生的人路过，它立身而起，敛起尾巴，显出一种很在状态的警觉与机敏。那时候的狗都不是宠物，它们很清楚自己看家护院的职责。

去上学，它不远不近跟在后面，同伴说："你们家的狗子跟着。"我似乎觉得有点傲娇又有点嫌弃，回头对它喊："回去！不要跟着我！"它讪讪地站住，我走几步回头，它还站在那里遥遥看着，只是不再跟上来，看来很识得我的性情。放学时，我们追追打打一路从学校往家跑，才从小路转个弯，就看见狗在那里等着了，我也没有觉得多奇怪，就当没看见，反正它会跟在后面回来的。小孩子很是知道谁会对自己不离不弃，可以对之放任娇蛮的。

它甚至也没有个正式点的名字，就叫狗子。有时候，家里有个人晚上要出去一下，祖父就会说："让狗子送一会儿。"狗子就摇着尾巴亦步亦趋地跟着出了门，俨然忠实的保镖。它在的时候这些都是自自然然的，没有人会特别夸赞它。就像一个太好的人总是会被忽略那样，一条性情特别温良的狗大家也习惯它的懂事。

某一天，忽然传说一个遥远的地方在流行狂犬病，那里的狗突然就疯了乱咬人，已经有谁谁谁被咬到了。乡间，这样的谣言在口口相传中不断升级，升级的结果是：为了避免传染狂犬病，凡是狗都要被捕杀。我开始担心我家的狗，家里的人不断地告诫它："别出去啊，就在院子里待着。"狗子也能感受到空气里流荡的"阴谋"，它挨着墙角挤擦身体，像是想把自己藏进墙缝里，藏进空气中，因为办不到，它只能悲戚地哼哼唧唧。

不过，我小小的心里还存有疑惑，既然是离我们那么远的地方发病，也并没有疯狗跑来我们这里，这里的狗又怎么会被传染呢？一个孩子都能发现条件并不成立，那些成人能想不明白吗？

终于，几个青壮年走入我家，他们跟父亲交涉，说起杀狗时脸上笑意淡定清晰，并没有显露不同于以往的凶狠，甚至也没有惭愧。父亲深知我家的狗有多温驯，就像他的性情那样，温驯得没有对抗的力量，他侧身让他们进了院子。

我不知道我家的狗是怎样被带离院子的,我只知道他们理所当然地享用了一锅好肉,甚至盛了一碗肉送到我家来。我总记得他们端着那只蓝边粗瓷的碗对父亲说:"爹爹,炒得蛮好的,尝尝吧,纯瘦肉。"父亲只会说算了算了。

这一切我默默地看着,我一直记得那是一个夏天的午后,太阳的热久久不散,雷声在我心里一遍遍滚过,我家的狗那双泪光闪闪的眼在我心里眨啊眨……

飞在黄昏里

"晚霞中的红蜻蜓,你在哪里哟,童年时代遇到你,那是哪一天?"表姐教我唱这首日本歌曲,是暑假里家庭晚会上我们要表演的节目。她一句一句教着,手停在夜来香的花朵上,黄色的花朵敛目入睡,仿佛昨夜的甜香跟它没有关系,表姐的注意力全在那里。虽然她教得三心二意的,我却被这简单的歌词砸了一下,有种想落泪的感觉,彼时,我还不知道有个词叫"惆怅",但是被一首歌打动,我觉得有点高级,被自己感动了。我一时有些哽咽,最后一句唱不出来,表姐回头对我说:"唱啊!"

表姐是没有见过那样的时刻的。夏日的某些黄昏,藏匿的魔术师会变出一个金色的世界,太阳涂成绯红,霞光从西天铺洒开来,金色的线条绘出远处白兆山起伏的轮廓。白色的房屋奇怪地泛着红光,不起眼的草堆变成金灿灿的了,碎碎的金子跳动在门前的池塘中……那些熟悉的景物被柔和的光一装扮,变得有点陌生了,莫名其妙地喜气洋洋。暑气从树叶上退去,白色的瓠瓜花轻轻摇了一下身姿,是一阵风轻快地跑了过去。

祖母拿着大扫帚清扫屋前的场院,她扫得很认真,像是写字,一下一下从左至右地划过去,沙土地面上留下一组有韵律的划痕,清洁带来秩序和清凉。不知什么时候,场院里突然满是飞舞的蜻蜓了,红蜻蜓、黄蜻蜓、黑色金边的蜻蜓……它们从哪里来,为什么来,那么多,夕阳下乱乱地飞,有时甚至听到它们的翅膀在空中擦碰,有时两只叠在一起舞蹈。我茫然地看着蜻蜓没有章法的群舞,跟着乱跑一阵,感觉自己也金灿灿的了。

祖母举着大大的扫帚从半空里按下去,扫帚的竹签下就按压住了那丁字形的身体。这是一只红蜻蜓,一个盛装的小小新娘。捏在手间的透明纱裙沙沙作响,小新娘在挣扎,三对足徒劳地划动空气,显得惊慌失措。相对于纤

33

细的身体，它的头部那么硕大，顶着圆鼓鼓的复眼，连挣扎也不会。我转动它球状的头颅，幅度竟然那么大，所有的智慧跟着一起倾斜。它大大的复眼看见了什么呢？是不是有我，是不是有祖母，是不是有这棵挂果的梨树……

拥有一只蜻蜓的快乐其实很短暂，小心捏着左右研察，害怕伤到它，又害怕它飞掉，很快就觉得不自由了，小孩子并没有那么多的耐心。我犹豫了一会儿，手指一松放了它，红蜻蜓透明的翅膀无声地撑开，一架飞机一闪就融进了黄昏里，我的目光追了一会儿再也分辨不出哪一只是它了。

那个黄昏，我与一只蜻蜓那么近地对视，也许，我看见了一个生命快乐的样子、无措的样子、挣扎的样子、重生的样子，然而那么短暂的一刻，一个孩子又真的能看见什么呢？对于我来说，蜻蜓带来的快乐就是看它们莫名其妙地飞来飞去，飞在祖母的场院里，飞在我的童年里。

"晚霞中的红蜻蜓，你在哪里哟，停歇在那竹竿尖上，是那红蜻蜓。"表姐教我这首歌时，彼时的我可能是听懂了歌曲中深切的淡淡的忧伤，那是所有的河流无法溯回的源头。

 想一想，写一写：

1. 时光流逝，一些记忆会存续，作者写道："一定是它们的存在伴随着生命中重要的感受：温暖、柔软、惊奇、爱、欢喜，还有恐惧……"你在这组文章的哪些细节处体会到了这样的感受？

2. 或远或近，总有一些动物的身影曾经陪伴过你。沉进自己的记忆，搜寻它们的眼神，它们的身姿，它们带给你的特别时刻，写下来，它们就不会离开。

我家小白

一

某些时候我总爱胡乱地把事物对应在缘分上，这种强有力的借口，让其他顾虑没有容身的空间，末了加一句顺其自然吧，一切就变得理所当然了。

用小白来我们家这件事证明一下。那天晚上纹爸开门，碰巧对门也开门了，对门的小女孩喊了一句："有只小兔！"碰巧纹纹在房间里听到了，对门女孩拿白菜喂它，兔子偏来吃纹纹递给它的西瓜皮。谁都知道"小白兔，白又白，两只耳朵竖起来，爱吃萝卜和青菜，蹦蹦跳跳真可爱"。你说你作为一只兔子干吗要违反常理呢？吃完也就罢了，还两只小手趴在我家防盗门上，一副哀哀无告的神情。纹纹完全无视我们的脸色，自顾自地收留了它。

正值国庆长假。"二号我们要出门旅游，拿它怎么办啊？你明天把它送你同学。"没人出声。"实在不行，你国庆节后再打听哪个同学有爱心把它送走，爱动物就要给它适合的环境。我们家太小，也没人伺候。""不要你们养，我来伺候。"声音小且慢，但坚决着。

第二天兔笼子买来了，洗澡粉也买来了，都是我买的，不知道为什么要买。要出门，我们把小兔子打扮齐整后寄养在宠物店里，旅游回来，小兔子也自自然然地回家了。在纹纹的伺候下，它一天天毛色渐润，瘦小的身体已经肉鼓鼓的了。纹纹给它取名小白，她给小白洗澡打粉，轻言着："小白别动啊，给你洗干净就舒服了。"一个全然的小妈妈，我想纹纹小时候我对她也不过如此了。洗完澡，她把小白放在笼子里提到阳台上晒太阳，拿一本书读给它听；她给它喂食时，一直絮絮叨叨着："小白，你要把尿把大便拉在笼子里啊。"纹爸说这孩子是不是有毛病啊，成天跟只兔子说话。纹爸不理会缘分，也不会进行前世今生的联想，更不会相信一只兔子对友善信息的识别。可是我的胡思乱想常常像四月的柳絮，漫天飞着，但这都不宜说出来，不然我也有毛病了。

二

小白来了，我才知道兔子是哑巴动物，吃饱玩够的情况下悄无声息的。它弄得出来的动静就是踩翻盘子，瓷盘与瓷砖清脆地磕碰。还有的时候两只兔牙咬着笼子的铁门，叮铃哐啷着，你可以翻译成：我要出来！我要吃饭！这时，家里总会有个人奴才似的立马应声候遣。人一来，它就安生了，两只手拽拽地搭在笼门上，仪态万千地优雅着，静候你开门。

除了吃，看不出它有什么喜好或思维，傻！还哑巴。上天赋予它这样的特质，谁能跟它计较？可恰恰总是弱者能激发你潜在的怜惜，得到你的宽宥。难怪老子教人们要甘于示弱。它犯错了，把尿拉在沙发上，第一次我们都只觉得是件趣事，边笑边拆洗了。它无所顾忌地有了第二次、第三次，害我们犯勤快病似的不断拆洗，我真生气了，组词骂它："小白，白痴的白！"它似乎有了点自尊心，蔫蔫地跑去后阳台，老半天不在客厅露脸。恻隐之心又起，我模仿三岁明宇的腔调喊它："小白过来，我再不骂你，我跟你玩，啊——"

对比我的三阵风态度，纹纹对它是持久不变的杨柳风，温婉得叫人嫉妒。

她理智地解释:"它这是在画地盘。"

一只远离同类的兔子,仍然固执地坚守这样的天性,既无教习,也看不出是受思维的支配,动物本能的力量真是神秘啊。兔子尚且如此,那人呢?

三

圣熙和妈妈来我家玩,我和圣熙妈在客厅里聊天,圣熙说去阳台看兔子,老半天阳台没动静,我还诧异,一只兔子能迷住这么淘气的小男孩?他们走后纹纹回来了,她大惊失色:"怎么小白身上秃了三块?"我立刻叫了起来:"啊,圣熙拔的!"

我们蹲在小白旁边,轻轻地抚摸它。如果它会叫就有人救它了,它那么疼却发不出声音。这样想真叫人受不了,心脏一阵一阵的疼。纹纹更是,她的眼泪含在眼圈里转呀转。我说我打电话批评他,转念又觉得是否有些不妥,这可是好朋友的孩子啊。又想,好朋友的孩子更要提醒,我对圣熙妈说因为这关系到了爱心。

第二天到学校我还记得给小白报仇,把那小子叫过来:"你还薅我们家兔子毛!把你头发拔一根试试,看你疼不疼?"

他捂着头发说不拔不拔。

"错了没?"

"错了!"

"哪儿错了?"

"我不应该拔兔子毛。"

"写个检讨来!"

圣熙写的检讨里最后两句是这样的:以后我一定爱护动物,尊敬老师。

句式有种对称均衡之美,但怎么听着那么别扭呢。

四

某一天清晨,我们家小白疯了。我之所以说它疯了,是因为我从来不知道兔子会跳劲舞。纹纹站在我房门口屏息招手,一张惊喜惊奇的脸。我也蹑手蹑脚地走过去。沙发上,兔子正在冲刺,头一摆,后腿一蹬,"嗖"地一下就窜到了另一头,再轻轻一跳,肥肥的屁股180度转弯,又摇头摆尾地冲过来,一路上还左右闪躲,一副艺高胆大的样子。我们咧着嘴看表演,不敢惊动它。

我想当然地给纹纹介绍:"它这是在练习捕食。"纹纹说:"它是食草动物,捕什么食呀?"是哦,我竟把这事给忘了,又给将了一军。

它的确是食草动物,连纸盒和试卷它都爱吃。冬天,它的个子刚好可以睡进24支装的牛奶箱里,但是它并不善待自己的窝,所以说不是自己亲手做的就不知道珍惜,三天两头就把一只纸箱给啃残了。牛奶我们喝,纹纹一向不喝牛奶只喝酸奶的,可是这个冬天她一天喝三支,一箱牛奶几天就喝完。

我说她只是为了尽快喝完好再给小白买张"床",她大笑。

五

纹纹坚持对小白的放养,她说笼子小,待着不舒服。随着小白一天天长大,小小的家里,它造成的破坏已越来越防不胜防了。最近,家里但凡咬得上口的,都成了它的磨牙棒。台灯的插线咬断了,幸好断的那根不带电。电视遥控器的按键几乎咬平,我们只能凭印象猜测或者乱试按键的功能。每双拖鞋都不再有完整的边沿,那可都是我精心挑选呀,绿色雏菊的、粉色百合的,即便是男人的臭拖鞋,一概都成了它的"下酒菜"。正为这事气得想揍它,它却在你脚前打旋,又啃起来了,穿在脚上还啃,真没眼色啊!茶几的隔层里有我随手翻阅的书,刚掉以轻心了一下,结果你看,《边城》上沈从文的头像给咬掉了,《爱与寂寞》封边的胶水又合它的口味。还有一大叠,都是我刚买回来的心头爱呀,不知道哪时候,它悄无声息地把这叠书啃得七零八落了。

我唠唠叨叨地数落它:"你不缺吃不缺喝,对你那么好,你干吗吃我的书啊?嗯?"它倒是不动情绪,双手捧着胡萝卜,悠闲地吃着。纹纹只好替它解释:"它是啮齿动物,要磨牙。"纹爸也来帮腔:"这都怪你自己不放好。"

此时说这话不是撞枪口吗?我调转矛头对他:"谁让你那天晚上开门的?!"

我们这里硝烟弥漫,小白跟没听见似的,吃饱了,摊直身体,正枕在自己的手臂上打盹呢。

六

"这一整天小白不吃东西。"纹纹说。纹爸不在家,谁带它去看病呢?纹纹说她知道宠物医院。那天晚上跟朋友约好要去看一场民族音乐会的,眼看时间来不及了,我俩干脆不吃饭了,抬着笼子送它去看病。医生说不要紧,只是昨天喂它吃多了,没什么事。于是把它托管在医院观察。看完演出已是晚上九点,纹纹一定要当天晚上接它回来。好在医院还开着门,我们问了医生才知道这个小白目前大约九个月了,是雌的。我问一只兔子大概可以活几年,医生说可以活五六年。天哪,养它到寿终正寝还很有时日呢。

我征询纹纹的意见:"五六年后,它老死了,你不难过吗?干脆现在给它找个好人家。"

纹纹说:"我们可以帮它找个男朋友,让它结婚,生一群兔子,这样就可以一直养下去。"天哪,她还要世世代代无穷尽呀!

自从养了小白,纹纹的志向都改了,从前的远大理想全部忘光,现在只说长大当兽医。我算是见识了一只兔子的魔力。

想一想，写一写：

1."一只远离同类的兔子，仍然固执地坚守这样的天性，既无教习，也看不出是受思维的支配，动物本能的力量真是神秘啊。"找找看，文中写了兔子小白哪些生活习性，你是怎么理解动物的本能的？

2. 纹纹为小白做了哪些事？任选一件，以小白为第一人称，想象跟纹纹相处时的感受并写下来，注意写出细节哦。

游啊游啊

纹纹说："妈妈，我们养一条狗吧。""不养！"

纹纹说："妈妈，我想养一只仓鼠。""不行！"

纹纹愤懑不平："我知道，你是处女座，你怕脏！""不是，我怕它们死。"

说完这句，我猛然发现饲养一个生命是需要勇气的。

后来，终于斗胆养了两条观赏鱼。新买餐桌的隔层玻璃，是海水一样的蓝色，没有比放一缸鱼更好的装饰了。就这样，一条深红一条深蓝的长尾巴金鱼到了我们家。净水、喂食、换水，纹纹的热情很高，养得小心翼翼。

弟弟看到，他说金鱼在这么小的圆形鱼缸里游动久了会伤害它们的视力，弄不好会成瞎子，在新加坡用这样的鱼缸养鱼是犯法的。

我们一听慌了神，且不理会蓝色玻璃了。纹爸赶紧换了大鱼缸放在客厅，又说要用给氧棒定时给氧，又说鱼缸内晚上要开一会儿灯照明，还要给二位准备歇阴的房舍水草，大约是指望"一鱼唾花须，一鱼喀花影"吧。赶上正是冬天，据说金鱼怕冷，还得放条加温棒适当给水加加温。

事情突然复杂起来，没想到养个金鱼也像是初为人父，纹爸紧紧张张的，什么都照书来。按照书本要求，每周换水成了一项大工程。纹爸前一天晚上就放两桶水沉淀，第二天换水时，先把两条金鱼请出来放入小桶中，然后把鱼缸的水放尽，清洗一遍鱼缸后再注入静置好的水，最后把它们倒回去。这俩家伙重回家园好不通泰，一红一蓝在水草、房舍间浮浮沉沉，优雅自在，一派岁月静好的模样。

这天清早，纹纹在客厅大叫："妈妈快来！"鱼缸里惨不忍睹，蓝金鱼的尾巴被咬残了，拖着半边破烂的"裙子"，整个身体失衡倾斜地飘在水中。红金鱼的表皮也有鱼鳞脱落，惨白的皮肤裸露出来，看着都好疼。天哪，它们是什么时候又是为什么打得你死我活的？熬了几天，两条金鱼先后死去了。纹纹郁郁的，她说："妈妈，难怪你说怕它们死了。"

或许是为了安慰纹纹，也或许是为了不闲置鱼缸，纹爸在鱼缸里又放入了六尾鹦鹉鱼。六簇小小的火焰在水中静静地燃烧，客厅里又有了活力，我们也跟随着转换了心情。

对我来说，这些无法交流的鱼只是一帧动态的画，一个彩色的盆栽，点缀一下环境，有时美化一下心情。可是对于纹纹就不一样了，她常常在鱼缸前一看就是好一会儿，也不知道趣味何在。她能看出它们细小的差异，根据特点她给它们取名：斑点、小调皮、泡泡……我暗想，总算纹纹有个玩伴了。

发现两条鹦鹉鱼僵硬的躯体漂浮在鱼缸的水面时，我不知所措，捞的勇气都没有。这些无声的鱼世界里到底有着怎样的生存法则呢？作为一个喂食者，我们仿佛掌握着它们的生死予夺大权，但事实上，它们作为一个族群存在时，似乎在演绎着自己的爱恨情仇，面对它们的争战和杀戮，我们无能为力。也许，在上帝眼中，人类也是这样一尾尾愚蠢的鱼吧，如果有上帝的话。

趁着纹纹还没放学，纹爸赶紧买回同样大小的鹦鹉鱼填补进去。

纹纹回来照例先给鱼们喂食，平均每条鱼三颗鱼食，不可以多，据说这些观赏鱼喂多少吃多少，直到撑死自己，它们能演示贪婪及其结果。纹纹又叫了："怎么有两条鱼不对啊，它们的尾巴全被咬掉了！它们怎么好像不是原来的鱼啊，颜色更红一点长得也更大呀。"我们一看，可不是吗！新放入的鹦鹉鱼尾巴整齐地凹进去，难道鹦鹉鱼会欺生？一会儿工夫就被"原居民"给收拾成这样了吗？我们着急忙慌地把它们抢救出来，送还给售卖观赏鱼的小店。老板一看笑了："鹦鹉鱼有两个品种，这个品种叫一颗心，就是长这样的。"我们于是跟纹纹坦白了真相。

鱼缸里暂时恢复了平静，给氧棒带来咕嘟咕嘟的气泡，碧绿的水草在缸底轻轻摆动，盛装的鹦鹉鱼们悠然往来，多么逍遥的世外桃源啊。

不过，我们一点也不敢掉以轻心，密切关注着鱼缸里的动静。果然，它们又找出新的批斗对象，那是一条体型偏小的鹦鹉鱼。那条小鱼已经嗅到了水中浮动的杀机，它游动时犹犹豫豫，显出被孤立的怯慌，它的示弱也没有获得怜悯。对面的鹦鹉鱼尾巴一摆冲上前来张嘴就咬到它的身体。它不敢回嘴，只躲闪了一下，但是进攻者并不放过它，追着它咬。它退避的途中遇到另外的鹦鹉鱼，它们也欺负它、驱逐它，可怜的小鱼藏无可藏，在鱼缸里躲躲闪闪。在我们眼皮底下还打得这么凶狠，纹纹气愤地把渔网伸进去拦截追逐者，又怕把它弄伤了，后来只好把小鱼捞出来放在小桶里喘口气儿。

这样的事时不时就上演一回，随时可能打响小鱼的保卫战。我问纹纹："养鱼快乐吗？"

纹纹想了想："如果它们不打架就好了，怎么它们会对同类这么凶残啊？"

"不然，我们把它们送到湖里放生去。湖大，鱼可以自由找食、自由逃窜，也许比在鱼缸里更好。"我说的这番话貌似很有道理，但其实也说服不了自己，纹纹大约也不想面对一次又一次的死亡，她竟然答应了。

我们拎着小桶下楼，纹纹一路走一路问："在湖里，它们怎么找食物呢，会不会饿死呀，湖水冷不冷，它们受得了吗？"纹纹的问题我都回答不了。她问的是生存的根本，放生，会不会只是掩耳盗铃。

黄昏里，龙潭公园的湖面闪着紫色的微光，小桶一斜，几尾鱼扭了扭身躯就散开了。那些纠缠在狭小一隅的爱恨情仇，是不是也就此消散了呢？对于它们来说，这个湖够大了，足够让它们相忘于江湖。

纹纹在湖边站了很久，幽幽地说："看不见它们了。"语气中全是牵挂。

想一想，写一写：

1. 文中写了几次金鱼打架撕咬的事，你认为这些观赏鱼是为什么打架的，请分析原因，并查找依据。

2. 想象一下鹦鹉鱼在湖里的生活，试着写一写吧。

态　度

一

纹纹放学回来，嘴里嚷嚷着累死了累死了，几缕汗湿的头发黏在红扑扑的脸颊上，她一边甩掉脚上的运动鞋，一边退下书包，一边奔向阳台，不一

会儿捂着脸出来了,汗水泪水从指缝间溢出来,任纹爸说什么也不理也不拿开手。我揭开她的手,眉骨和眼睑下渗出的血迹让我尖叫起来:"赶快上医院啊!"

纹爸也是又急又气又心疼,边开车边骂:"都是那只鬼兔子害的,一回来就知道去看它,我今天晚上就把它丢了!"

纹纹这会儿才真哭出来:"关兔子什么事啊!是你把阳台那个推窗打开,我才撞到的!""你如果不是去看它怎么会撞?"

这样的时候总是我来灭火,我冲纹爸嚷:"这个时候还吵,孩子这么疼,你争赢了她的伤就好了吗?"

人民医院急诊处的医生看样子那么年轻,他说至少得缝一针,一会儿又说两针。我无法信任,打电话给在中心医院工作的朋友,她立马联系了一个眼科专家。我们又转去中心医院,最终缝了五针。好在处理及时,好在不是眼睛。人总会在无奈之时找到理由劝慰自己,如此,明明受伤了,我们却都在庆幸。

打了破伤风针回到家已是晚上九点了,桌上摆着凉去的饭菜,纹爸气哼哼地坐那儿吃饭,纹纹仍然揪心着她的兔子会被送走。

我不知道这个偶然事件是不是事关兔子,但是这只兔子越长大,气味越重了,破坏力变强,需要更勤地打理倒是真的。我跟纹纹商量:"这个兔子一定得放了,不光是因为今天这样的事,它已经严重地影响到你的休息、学习。更重要的是对兔子也不公平,成天这样关着,根本不是在对它好,它应该有它的生活。"我知道在纹纹面前,是不能责怪兔子的,只能顺遂她那颗善良的心,提醒,然后在柔软处敲击一下。纹纹很清楚这个现实,她不吭声,默默淌泪。缝针那么疼她都能忍受,可提到兔子就淌泪。

纹爸也冷静了一些,走过来沿着我的话发挥:"你看了《小狮子爱尔沙》的,人家抚养了爱尔沙,最终不是也把它放回了大自然吗?让动物回归自然才是真爱它。"纹纹一听老爸的话火气就盛了:"跟你说你也不懂啊!像这样家养的兔子根本就没有野外生存的能力。放生,说得好听,其实就是把它丢了,是放死!"

这样的争吵已经很多回了,这次因为受伤,吵得更尖锐些罢了,但仍然是不了了之。

这只兔子来我们家整一年了,纹纹打理关于它的一切,就像她当时所说的:"我养它又不是为了好玩,是要对一个生命负责。"看见她早晚冲洗笼子,清理阳台的地面,伺候兔子的三餐,我还是有一些惭愧的,撂下一句话就无需承担这一切繁琐:"快快快,把你的兔子弄干净。"纹纹默默地擦去地面的污迹,从无怨言。

国庆节回湖北,纹纹把兔子拜托给她舅舅照顾,我看了她压在电话下的便条：

舅舅：

我回湖北的这几天小白就拜托给你了，请你每天给它喂九块胡萝卜，如果它拉肚子的话就多喂点黄豆给它吃。不好意思，家里的黄豆刚吃完了，我们来不及去买，岁宝百货二楼有卖，麻烦你去买一包。兔子的笼子早晚要冲洗，你来的时候尽量多把它放出来玩会儿，晚上走时请关好阳台的窗户，兔子怕凉。这些做好还是挺麻烦的，谢谢了！☺

纹纹

二

在湖北，纹纹脸上还未脱痂的伤总是会绕到这个话题上，全家人小心翼翼地提着建议。最终还是姑奶奶的话使纹纹动了心，姑奶奶说小丫也养了只兔子，后来没空照顾，她就把它送给了小丫的幼儿园，这样小丫每天上幼儿园都可以看见，还可以喂菜给它吃呢！

一回到深圳我们就张罗着给小白找幼儿园。纹纹去军训了，周末才能回来，这是一个多么好的机会啊，眼不见，才能心不乱。

军训管理严格，不准带手机，但纹纹周三晚上还是借老师的手机打来电话，开口就是小白怎么样了？我轻松地告诉她，你爸爸已经把它送去幼儿园啦。她问是哪一家，那里还有别的兔子吗？我说有的，还有养鸟呢。她说，那好，它可以找男朋友了。

至于军训有多苦，她一字未提，是用老师手机打电话，多说话会浪费老师话费的。以她那样的性格，借用老师的手机需要多大的勇气啊。她一定是因为不放心小白，为了小白，她长出了勇气。

事实是，我搜索周边幼儿园的电话，挨个儿询问，终于有一家表示可以养兔子，我赶紧告诉纹爸，结果纹爸说他刚送走了。"啊，你怎么可以这样？送哪儿去了？"

连带着笼子、碗、胡萝卜一起，纹爸把兔子送去了余石岭公园。那个公园，早晚都有去锻炼的人，也有不高的山，林木丛生，看上去很适宜兔子这么大的动物出入。我问他是看了一会儿才走的，还是放了就走。纹爸恼火地说："问那么多干吗！它在那儿好得很，各得其所！食物丰富，又没有天敌。"哼，心虚的人才会恼火。

我们还是怕纹纹周末回来责问。

周五晚上，纹纹回来了，晒了一周的太阳，吃了一周的基地食堂，黑了，瘦了。她习惯性先去了阳台，脸上有克制着的伤感，然后更细致地问那个幼儿园的情况。我的回答是：不是所有的幼儿园都有动物角的，这家是打了好多电话才问到的。还有专人看管呢！养的动物不只一两种……我掉进这个越来越圆满的语言圈套里编织着细节。纹爸显出不干他事的样子，只管盯着电视，一句附和都没有。纹纹转身进房的瞬间，纹爸悄悄地说："她好像还好啊。"纹爸怎么能够懂得纹纹内心的柔软和悲伤呢？

在她面前，我们俨然两个做了坏事的孩子。对待一只兔子的生命，纹纹不像我这样优柔寡断，也不像纹爸那样自欺欺人，她是理智的，有不合乎孩子的冷静。

我曾说兔子没有情感，纹纹反问："你怎么知道它没有情感？它高兴的时候会磨牙，轻轻地抚摸它，它就会侧身躺着，表示信任你。"要多用心才能有这样的体会啊！小白其实是纹纹亲密的伙伴，认识到这一点是小白离开一年之后了。

那天清洗纹纹的被单，我抽出枕头，很多小纸条从枕套里掉出来，我打开其中一张："小白，愿你每天过得开心。"又一张："小白，你在哪里？你现在的主人对你好吗？"几乎每张纸条上都是这类的问候和祝福。

我一张张拆读，泪水汹涌。我深刻地心疼纹纹，自觉罪孽深重。

有哪些父母能说自己真的懂了孩子呢？如果懂都没有，又何谈尊重与保护？

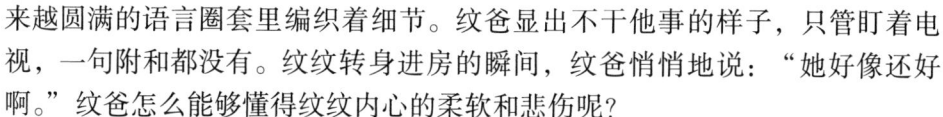

想一想，写一写：

1. 本文题目是"态度"，认真读文，看看你能用"态度"一词评价文中的哪几层关系。

2. 本文有哪些地方是让你感动的，找出来再读一读，说一说你被什么所打动。

3. "理解"并不是一个轻松的话题，你有不被理解或不理解别人的时候吗？细细回想，慢慢写下事情的始末。在写作的过程中，我们会一点点看清故事中的人物，或许，写着写着，我们就理解了。

我不知道猪的智商

黑瘦的泰国男子手持话筒喊着"开始了——开始了——开始了开始了开始了——"这是我听过的最为简洁又极富感召力的主持。与其说是主持,不如说是吆喝,简简单单的三个字经由他变得热闹喧腾,富有节奏,一园子的人不由自主就走了过去。

踩着众人视线缓步而来的是一只名叫珍珍的猪。珍珍会算术,10以内的加减乘除都会,主持人介绍。打量它的身段和眼神,摇摆的肥胖身体,睫毛覆盖着下垂的目光,很难看出其中暗藏的智商。它就是一只猪嘛,准确跟随引导者洒在地上的爆米花。

巷道中央横着一排数字,男子亲热地唤它:"珍珍,2+4等于几?"珍珍走过那排数字,凸嘴巴径直推倒了6。一把爆米花洒下来,珍珍陶醉地吃。观众开始任意出题了,只要呼唤珍珍,珍珍就能准确无误地推倒答案。惊叹声一浪一浪涌向珍珍,珍珍充耳不闻,又似乎是见怪不怪,它笨拙的步伐踩在地上,也像是踩在云上。超然于物的因由或是茫然无知,或是有大泰然。珍珍的超然是哪一种呢?看它目标明确追随不断洒下的那几颗金黄的爆米花时分明是那么务实。

泰国男子夸张地支愣起眼睛,再次展示把控语言节奏的能力:"不是笨猪!不是笨猪!"结论已出,珍珍吃完最后几颗爆米花,甩打着尾巴摇摆着肥胖的身体回去了。

泰国景点不同时段开放给不同国籍的游客,上午是中国,下午便是日韩。我好奇地问:"那么珍珍也能听懂日语韩语?"导游说:"那当然!"

一只聪明的猪。众口一词。评价一只猪时,每个人犹如居高临下的智者,显得如此慷慨。自然,猪也从不辩驳。

想一想,写一写:

1. 认真读文章,说说文中的这只猪跟一般的猪有什么不同之处,又有什么相同之处。

2. 你认为这只猪是怎么变得这么聪明的,请查阅资料,写出自己的观点与证据。

楼下那只猫

花园里有很多猫，猜想是物业管理处有意放养，避免小区鼠害吧。这些猫花色不同，性情各异，散步时总能撞见几只。麻色的，纯白的，黑白相间的，大大小小。它们有的低眉顺眼，有的趾高气扬，不管怎样，猫们总是独自往来于自己的辖地，它们小小的身躯里，装有一颗老虎的心。

管辖我们这栋的是一只断尾麻猫。不明白为什么尾巴是断的，这使它看起来不漂亮，觉得失衡。但也因为这尾巴，让人心里生出同情与怜悯，见到它会没来由地为它担忧。

清晨和黄昏时分，它总是守在楼栋大门处，俨然门神。不时有住户遛狗，那些品行欠佳的狗会有意挑衅它，绕着它呼呼低喘，以示不屑。它蹲坐于地，撑起前爪，随便狗们怪声吠叫，以不变应万变的姿态，自有一种威严。特别是那只不识趣的小鹿犬，围着它上蹿下跳的，一动一静之中，立见内涵与力量的高下之分。

它饿时见人会"喵呜"着求食。我家的人走一起时，它会冲着纹爸叫唤，纹爸可能是这栋楼里最牵挂它的人了。纹爸每次买菜必会买鱼，一吃完饭就着急忙慌给猫送鱼骨头下去。如果在外面吃饭，他都要点鱼，蒸鱼、煎鱼、炸鱼或是水煮鱼之类，不管什么做法，总之是鱼，吃剩打包。一次吃香煎泥猛，因为特别酥，我把鱼尾巴鱼脑袋都吃了，他按捺不住，眼睛瞪过来几遍，如果眼神有手，早从我嘴里抢下这些鱼了。看他这样子，我偏要多吃几口，赞道："真香！"他连连叹息："哎呀，大猫把小猫的那份也吃了。"

这般讨好的姿态，惹我醋意大发，问他："它是不是你前世的情人？"纹爸批评教育我一番之后，反倒殷勤得更起劲了。

这天早晨，纹爸原是要外出办事的，才听见门锁咔嗒一声锁了，一会儿却又是钥匙开门的声音。纹爸进门激动得不行："快！楼下的猫生了！快去看！"

纹纹问他："小猫生在什么地方啊？"

"它可聪明了，它怕小猫冻着，就爬进一个木桶里，我一下子就找到了。"纹爸说得好像自己更聪明似的，"它生了两只，不过，有一只好像死了。"他脚不沾地地冲好奶粉，拿乐扣乐扣的碗盛了，我拦他："怎么拿这个碗盛啊，几十块呢！"他辩都懒得辩，急匆匆地端着就下去了，还说："我去一下菜市场，要买鱼给它煮鱼汤！"

看这架势，纹爸是准备做"月嫂"了。

接着是纹纹关门下楼，然后是我。

谁家重新装修后扔弃的浴盆，被清洁工捡来放在架空层的一角，真是避风的好地方，猫真会选地产子。桶底有一块棉片，拳头大的小猫蜷在上面，毛茸茸，也是麻色的。旁边有一只小猫翻着白肚皮，看上去真的已经死了。大猫在廊下晒太阳，疲倦虚弱的样子，尾巴上血渍未干，它的神情不像是幸福的母亲，若有所失的样子，它是在伤心吗？牛奶放在它跟前，也没有喝。

纹爸这两天可是忙坏了，一会儿说送鱼汤，一会儿说丢垃圾，一会儿说出去有事……总之，每出趟门回来就要报告大猫小猫的活动情况和吃饭情况。原本以为大猫会自己处理已死的小猫，把它衔走的，但是直到桶里有异味，它仍然没有理会。纹爸只好亲自动手，他趁大猫不在时，把那只死去的小猫夹出去丢了。

突然降温，一下子很冷。晓慧约我们去吃烧烤，纹爸在回家的路上，我打电话告诉他。他说："我要先回家煮好鱼汤再去。"看把他兴奋的，我觉着纹纹出生的时候，他也没这样惦记呀。浴盆的一角没有光，他送鱼下去时，拿了手电筒，还高声招呼我："你不下去吗？"这么冷，我哪儿有那么大的热情呀。他呼呼哈哈地折腾好一会儿了，终于心满意足了，我们这才顶着寒风出去吃饭。

第二天早晨上班，依然很冷。走过花园的小径，我看见大猫侧卧在路边，四肢僵硬伸直，我一声惨叫："你看！"纹爸转身跑去浴盆那里，一看，小猫也死了。

一路上，我们无话，好一会儿，才听纹爸说："太可怜了，大自然就是这么残酷，适者生存啊。"我的结论是不一样的："我们家可千万别养任何动物啊，我伤不起这个心。"

想一想，写一写：

1. 认真读文，说说纹爸为猫做了哪些事？

2. 意外的结局让纹爸感叹"大自然就是这么残酷，适者生存"。你怎么理解这句话？

3. 一只并非家养的猫面对生存和产子必然有更多的问题需要它自己解决。想象那个寒冷的夜晚，猫产下两子的情境，写下来。

海鸥飞来

行走大理时,我们在洱海边流连忘返。正是冬天,浅海处那些从水里长出的树落尽繁华,妖娆的身姿反倒更曼妙诱人。去双廊途经一处凹进的海湾,大约是风被山峦阻隔,一棵棵梧桐树挂满枯黄的叶片,似小小手掌摇摇不坠,它们像一束束巨大的干花装扮着洱海的堤岸。仅是这些植物已然看不餍足,若有鸟从天际飞过,眼睛就会立刻被吸引了去,忍不住地指给纹纹看:"呀,那儿有一只鸟!"纹纹不理解我突然而至的激动,不仅没有抬头,还漠漠点评:"一惊一乍的。"语气很是嫌弃,潜台词是:天真!

但是,在小普陀时,我们全都沦陷在天真里了。

车近小普陀时,海鸥多起来了,由三几只到一群群,白色翅影在湛蓝海面上起起落落。司机说:"这些海鸥都是从西伯利亚飞来过冬的,以前它们都是飞去昆明,后来有海鸥侦查到洱海,于是把鸥群带到了这里,这里的食物更丰富嘛。"听这语气就知道司机是大理人。他一说侦查,我脑子里就跑出一个小伙子,他机智勇敢随机应变,总能把重要信息送达指挥中心,这恐怕是早期电影印象后遗症。但是,海鸥中也有这样的侦查员吗?

"它们晚上住哪里?"想着它们那么远一路飞来,我就担心它们休息不好。

"它们晚上就住在海面上,一层层围成圈,外围的海鸥警戒执勤,保证中间的海鸥能安全休息。"先生说他曾经看过这样的介绍。司机也证实有人做了这样的调查,确实如此。

海边都是喂海鸥的人,两元钱买一包饼干或者小鱼干即可喂食。哦,它们还吃饼干么?我们买了几包鱼干,像喂热带鱼那样,把鱼干洒下去,海鸥可不像热带鱼一窝蜂地抢作一团,它们游弋水中,遇到鱼干也欢快吃下,是知道食物总有,还是知道人群友善才不那么急切呢?淡定里自有一份从容,这使它们显得优雅自在。

它还会更靠近一些吗?我举着鱼干,等着它来我手中取食,有几只海鸥飞过来,逡巡离去。再等一下,终于,一只海鸥飞近了,我能感受它翅膀扇动的力量,那不是我们以为的轻盈,是有支撑力量的飞翔,它以近乎静止的飞翔靠近小鱼干,尖尖的喙轻轻一叼就取走了食物。一样,依然是从容的,依然是优雅的。我欢喜得大叫。

纹纹和老爸相继尝试,海鸥们都好意地领情,几番巡查后都会取走食物,每遇那一刻,我们都仿佛中了大奖,大笑大叫。

海边那一群群喂鸥的人都在童年的状态里。我突然想起有人说:"不是文学需要你,是你需要文学。"凡是抚慰我们心灵的事物,都是源自我们内心的需求,看似是我们友好地喂食海鸥,其实是我们需要海鸥的示好。套用这句话:"不是海鸥需要你,是你需要海鸥。"

 想一想,写一写:

1. "凡是抚慰我们心灵的事物,都是源自我们内心的需求。"结合文章,说说你对这句话的理解。

2. 有人不赞成给鸟类喂食,担心影响了鸟类自身生存的能力。你怎么看这个问题,能给出科学的解释吗?

植物篇

植物静默无言

莲雾正好

今年雨水奇多，催生了果实。往年六月末才能看见的景象，今年提前半个月就亮相了，叫人有点儿猝不及防。

楼下，莲雾粉嘟嘟成串成团地挂在枝头，像是挂着千百盏挤挤挨挨的莲灯，有热闹丰盛的喜悦。这番情态真不像它们的名字，它们的名字听上去有清洁虚幻的美，而它们却长出一番孩子似的天真淘气样。

这般繁华盛大，若静悄悄地落幕，仿佛一场浪费了的青春，是会让人生出憾恨的。每当这样的时候，总觉得应该有朋友共赏才是。去年暑假真有朋友来玩，已是七月，枝上几个晚熟的莲雾红得格外艳丽，傲娇的样子引得友人指着枝头尖叫："啊，那是什么？太漂亮了！"这景象恰如我的预想，我矜持地解释："这只是几个晚熟的莲雾，六月满树果实时，那才是惊人呢！"

常常，从它们开始变红之日起，就有小鸟在枝叶间往来穿梭，红耳鹎、鹊鸲叽叽啾啾地唱，天天呼朋唤友前来聚餐。满树莲雾并不以此为意，依旧蓬蓬勃勃地长，个儿大了，水水的红快要从果实上滴落下来。有时，突然遇个雷暴天气雨催风摇，第二天，草坪之上便铺了一地红色浆果，让人惋惜不已。但似乎又恰是因为惋惜，这幅风格艳丽的画面更增加了情感与美感。

对抗着种种意外，莲雾们一日一日红艳。超市售卖的莲雾多是进口，价格和味道都是极好的，只是那暗红的颜色远不如树上所挂之果鲜亮，这姿色分明是在撩人嘛！

一次，见一群人搬了人字梯架在树下，三两人扶住梯子，一人攀爬上去，拿了剪刀，一枝一枝地剪了扔下来。下面的人接住一个个放入筐中，有时一个失手没有接到，莲雾"啪"地一下落在地上。这响声不知道是真的，还是我想出来的，看见它们瞬间玉碎，着实不好受。据说在海南，莲雾被称为"甜不"，也称为"扑通"，我猜想，是不是自然成熟的莲雾们，就这样"扑通""扑通"地从树上跳了下来呢，如此看来，那让我不好受的声音是真实的了。每每这时，我就庆幸还有那么多高枝上的果实，他们摘不到。

我的目光流连其上，多是为形为色，不是我不贪吃，一是怀疑它的味道，再者也没本事得到，更重要的是，极富美感的事物，我以为是用来养眼养心的。它于我更多的是形而上的存在。

每年，都有一个月的时间吧，莲雾们就这样在楼下又安静又热烈地生长着，陆陆续续地浅红、艳红、深红，让我们经过时，赏心、悦目、怡情。

想一想，写一写：

1. 本文有一些画面感很强的场景，你喜欢哪几个场景？它们带给你什么感受？

2. 植物也有它最好的时光，观察你身边的植物，写一写你眼中它们的最好时光。

梅在那里

说是深圳也有了赏梅之地，马峦山千亩梅园正盛。其实很近的，以前却没有关注过，赏梅也总是闲了才有的心情。

阴天，有风，万物藏了肃穆。盘山而上，路边白色茶花一朵一朵从浓绿中跳脱出来，开在山野，清新脱俗。没有停车观赏，一心念着梅花，一路树木皆成陪衬。至山顶，没有想象中的千亩梅花，挂在枝上的是花谢之后的几朵残梅，表示曾经开过。花期已过，这里是"千亩没花"。

如我这样不知时令的游人不少，乘兴而来，一时哑然，瑟瑟风中看梅树也说不上什么失望。盘曲的枝干、新生的细叶极具姿态，每一棵都仿佛历经沧桑。这正是梅的奇特之处，它们盛放之时都不像那些开在春天里花朵，比起满心欢喜，它们总是含着更深切的情谊。是花的性情带给人不一样的感受，还是文化符码锁定了它们的承载呢？陆游写它"零落成泥碾作尘，唯有香如故"，该是多么的自怜和自爱。

古人赏梅极为讲究。宋朝张功甫撰写的《梅品》说，赏梅有二十六宜：淡云，晓日，薄寒，细雨，轻烟，佳月，夕阳，微雪，晚霞，珍禽，孤鹤，清溪，小桥，竹边，松下，明窗，疏篱，苍崖，绿苔，铜瓶，纸帐，林间吹笛，膝下横琴，石枰下棋，扫雪煎茶，美人淡妆簪戴。

二十六宜，物物相配，境生于物，是对事物的珍惜之意。如此精细的生活追求现在看来是遥不可及的。

我仍然用手机拍下残梅几张，以示来过。知道梅在这里，安心离去，明年再来。

想一想，写一写：

1. 文中，作者并未看见梅花，却也不见多么遗憾，你觉得这是为什么呢？

2. 赏花可以陶冶心灵。你一定也体会过自然之美，写一写你的所见所感。

茶花开了

那一年买这盆茶花，是看它枝头缀满大小不一的苞，直接享受收获总有捡到便宜的感觉。果然，每天都有新开的花朵，一推门就能看见醒目的深红色，像是每天收到好消息。花苞尽数开完，再没然后。一盆翠绿常年不败，于窗前等水等风等阳光。

看着它，有时会怨，好好的怎么就不再生蕾了呢？有时也怜惜，只喝那么一点点水就能一年两年地活下去。有时还会生出感谢，无论怎样，都待他人如恋人，全心全意绿给你看。

也有过含苞的春天，在期待中，看见那些小芽伸开紧裹的拳，所有的秘密只是一片一片又一片的新叶。从此只安心浇水，想着，对一棵植物来说，它全部的意义便是承接好意地生长。

这个秋天，枝头又出现了芽苞，我认定无关花事。再长大点，忽然发现它们的头顶冒出红色的意味，竟然是满树的花蕾。原来，它储蓄了几年的力量，只为了在这个秋天灿烂。

与之对视，惺惺相惜，它的灿然里，藏有待我解读的寓言。

想一想，写一写：

1. 在作者眼里，这株茶花带来了哪些美好？

2. 以感恩之心看生活中的小小物事，都能觉察它们表达的善意。看一看你的周围，你能感受哪些事物的善意？尝试着写写看。

文竹的好意

每天起床后，习惯到客厅观察那几株植物。文竹抽新枝了，发财树的叶尖儿上有悬挂的水滴。

这盆文竹属于我伺候的，刚买回来时，株苗幼小，只是旁次里冲出一支长长的新芽，卖花人大约觉得株型不美，极力推荐另一盆，可是我却独喜那种新生的感觉，一定要它。先生是不爱这些小株植物的，他只喜欢大棵的盆栽。如果有个院子，我能想象那里面的景象：我要的花花草草，他种的瓜果菜蔬和婆娑木本，据说还得一小池养鱼，另有一条体型偏大的狗……院子的范围在想象中一次比一次扩大，因为总有一些新添加的需求。好在是想象，不用付费。

看着这盆文竹时，我比较有成就感。它来我们家后连续发力，从那么小的瓷盆里生出了若干长长的新枝，嫩嫩的绿让人内心生出柔软还有希望。但是，这几支新芽长得一边倒，使整盆文竹看起来极不协调。我在小盆里插入一支笔芯，用绿色的线把倒伏的枝条敷在笔芯上，如此才使得文竹勉强站立着，绿色的线掩藏其中，不至于使它难堪。

如果说我喜欢植物和动物，那喜欢只是停留在看上。所以对这盆文竹也只是意兴阑珊，兴致来了盯着它看，每天给它浇点水。即便如此，渐渐地，瓷盆的另一面也开始抽芽了，于是，这天早上，我心里一横，剪掉了疯长的另一半，好让养分均衡分配。

果然如我所愿，现在，它已长势均衡，平衡里的蓬松之态，呈现着协调的美。有的时候，美还是要修剪才能得来，当然，这修剪有别于各人的审视角度。比如说在这盆文竹身上,我初时喜欢它旁逸斜出的别致,后来终于转为中庸、常态、均衡,终是后者给人稳定持久的感觉。昨天读了保罗·柯艾略的《牧羊少年奇幻之旅》有点没回过神,有事没事地相信预兆,在细小的物事上,对照内里本质。如此,我看见自己的内心现状,这样的现状或许意味着某种成长吧。

对文竹的感情缘自多年以前。那时,案头摆放一盆,在最黑暗最低谷的时候。我遵照常识,净水隔夜,每周浇水一次。它回馈给我的是安静的成长,每一支新芽、每一片细小的叶都仿佛神示,对着它,我心底渐渐生成力量,独自穿越了黑暗的时光。这就是植物的给予,它们从来不会辜负用心待它的人。

想一想,写一写:

1. 你觉得作者对这盆文竹用心吗?结合文章说说你的理由。

2. 作者在对这盆文竹的修剪中,发现了自己内心的改变。请根据文章内容,画出文竹旁逸斜出的别致和蓬松均衡的协调,感受这其中美的差异。

那时的桑葚

桑葚,在超市的冷藏柜里又看见了它,跟一些进口水果摆放在一起,这乌黑乌黑的浆果跻身在深红的莲雾、紫色的山竹、亮红的蛇果、金黄的柠檬组成的奇艳世界里,实在无法骄傲。似乎要刻意忘记来处,衬着冷白的光,努力反射出幽深的暗紫来,这是它的声音,它的小小的存在。

记得第一次在超市看到它,真有他乡遇故知的惊喜,因为它叫桑葚,和童年联系在一起。手掌大的一筐,标价10元,买来打开,小小的筐底凸起,加盖厚厚泡沫,其上平铺一层桑葚,有十几颗吧,再附一片绿色桑叶,以示新鲜。尽是商家的心机,尽可能地少,尽可能地好看。洗净尝尝,不是饱满多汁的酸甜记忆,唇齿间微微的酸涩提醒我,一切都变了,根本不是童年的味道。

我印象里的桑葚是朴素的。江南的桑树不拘什么地方,房前屋后随处可见，有的长得低矮蓬散，有的未经修剪，一个劲儿地冲上去，也能长出老高。也许是桑树易于攀爬吧，我常常看见男孩子搓搓双手蹭蹭几下就上去了。

春天到来时，桑叶底下冒出细小的桑葚，硬硬的颗粒在不知不觉中成长。某一天，你以为叶片下爬着绿色的毛毛虫，原来是桑葚开了细碎的花像细密的脚，它们并不好看。花落之后，桑葚从叶丛里探头探脑地伸出来，绿色的果实混杂在绿色的树叶中，仍然不那么醒目。直到某一天，它们脸颊绯红点缀枝头时，这才让人惊觉谁家有女初长成了。通红通红的桑葚甜中带酸，长至深紫乌黑时，桑葚入口即化，黑甜的汁水立时濡满嘴角。能够长到乌黑的常常是骄傲地站在高高的枝头的那几颗，男孩子爬树也够不着的地方，又或者是密叶覆盖下不易被发现的一小簇。

记忆中老屋门前有三棵很老的桑树，说它老，是因为它们粗壮得抱不过来，撑开的枝叶覆盖了门前的空地和厢房的屋瓦。桑葚成熟时，通常是父亲，有时是母亲，会拿了长长竹篙，瞄准枝头鲜艳的果实，敲打下来。我和妹妹雀跃着，仰脸搜寻那些颜色最深的、藏得最紧的桑葚，一声一声地喊："爸爸爸爸，这里这里。"父亲随着我们的指示伸出篙去，挂枝带叶的桑葚便应声落下。很多时候，最漂亮的黑色桑葚落下来便碎了，混入灰土，那种碎掉的美好让人生出惋惜。也许，这就是它们当年的骄傲吧。

也有例外的时候，五月的夜里，下了一场透雨，门前地面不是被雨水泡软了，而是被砸结实、冲刷干净了。早起推门，空气清冽，看见满地浆果完好地躺在洁净的地面上，红的、紫的、黑的，它们是大风送来的礼物，直送到手边来。我一颗一颗捡起，有一种不真实的慌乱感。

那时，桑葚就是这么平常，随着季节而来，伴随童年，与我们共度一段欢欣的时光。

多少年没有再见它，也不会想起它。忽然有这么一天，在南方的超市与它不期而遇，有那么一瞬间，我以为自己遇见了童年。

想一想，写一写：

1. 细读本文，说说文中围绕"桑葚"写了几件事。在作者的讲述中，你体会到什么样的情感？

2. 文章最后一句写道："忽然有这么一天，在南方的超市与它不期而遇，有那么一瞬间，我以为自己遇见了童年。"说说你对这句话的理解。

> 3. 有时，我们讲述一个事物，是因为通过它我们又重回到一种心情里。请仔细回想自己的生活，有什么事物伴生着你特别的心情，试着写一写。

养几株兰花

忽然想养兰，于是在花木市场搬回了墨兰和蝴蝶兰。墨兰未开，花商说好好侍弄，年年可开花，不像蝴蝶兰，对温度湿度要求特别，非得在花棚里特别调控的条件下，才有花可看。我倒无所谓是不是一定要看花，兰花的叶也很有风情，各有各的言语。

墨兰搁在我书桌边，并没有侍弄它，静静地，一支含着花苞的花枝从剑丛般的叶里抽出来，它这样包裹着，深紫色的蕾似乎藏着秘密，不能预想里面会飞出什么。直到这一天，它开始打开自己。原来这就是墨兰啊，颜色如此含蓄，深紫暗绿，遁迹人群似的，它安然地隐遁于叶丛中。但是一种气质是掩藏不住的，展开的花瓣是舞者撩动的手指，是清丽女子的婉转身姿，是墨迹未干的瘦金体行书。它分明开在眼前，却仍是一副离尘的姿态。不时会有暗香袭人，凑近鼻子去，并未闻到花朵的香味，只是不注意时，一阵幽香又弥漫过来。

蝴蝶兰就不一样了，它们没有香味，只是热热闹闹地开出自己的气势来。这一缸也不知道是多少枝，在客厅里铺开一把巨大的粉紫扇面来，扇面上小小的蝴蝶们每日振翅欲飞。它们及时行乐，不问来年，只管现在要最美。

碰巧陈老师送一株石斛给我。培养基上的几根枝条很有个性，上上下下，东倒西歪，不知道它们想干啥。比照着家里扁瓶的玻璃花瓶，裁剪了培养基，勉强把它装进瓶子里了。不知道能不能养好它，我心里已经做了最坏的打算，那零零落落挂着的小叶片们倒是一点也不担心自己。

虽然养了兰花在家里，但是提及它，必然冒出"空谷幽兰"，似乎一定得远离尘世才能配得上它们清幽的本质。

我养兰也许只因为它们半个月才浇一次水，似乎也不需要其他的照顾，况且，花有韵，叶有情，满屋子就生出风来。如此，甚好。

有云便赏两三片，有花便看四五朵

云

云起于虚空，又消逝于虚空，却制造了无限绚烂。

它们变换明暗、厚薄、光彩、形状来捕获我们的眼睛，我们被深深迷惑，长时间抬头看天，不知不觉就看见人世之外的无边无际，看见自身的渺小虚空。

那么清楚地知道，再美的云，也不过是梦幻泡影，一切都是幻象，人世亦然。便是如此，在这一刻，在这一世，还是会想做一个美一点儿的梦。

花

花开不停，随着时序。心意清淡的人目光总是流连其上。每日要走的那条路上，不同的花等在各个路口。

花有性情，像气质各异的女子。一小朵从草叶里探出脸来的野花，会细细呼吸，淹没在人群里的小女孩也有着不自知的美好青春；杜鹃会大方一些，从灌木里开出粉色白色的微笑；木棉那样的花朵品质刚毅，她们总要长上天去，陪衬瓦蓝的天幕；至于黄花风铃木，春日晴空下，黄灿灿娇滴滴，风情无限，但总有一夜风雨奔袭，她们最后的姿态，是以柔软轻盈的样子从雨中告别，写满乱世佳人的哀怨……

来不及为它感伤，忽然地凤凰木醒了，大红、橙红，一树一树，南国的热烈与风情烧遍了城市，一下子，灰色的墙体、暗寂的夜晚都鲜活了，她们催醒了沉睡的事物；紧跟凤凰木之后开放的是紫薇，这是典型的东方女子，她们典雅神秘，着一袭紫衣，顾盼枝头；如果有一阵一阵芳香，转过头就会看见幽静的白兰，她从不与人争夺美丽，但是谁不会为她侧目停留呢？

做一个像植物一般的女子多好啊。

说起爱花，有人这样写道：

繁花似锦，

我总是爱那最孤单的一朵，

爱那最疯狂的一朵，

爱那在《诗经》中颠沛流离的一朵，

爱那偏偏跑到枯枝上去开的一朵，

爱那捂着伤口正在凋落的一朵。

这样的爱，在惜美之外，更有怜悯美丽背后的沧桑，仅有美是不够的。

想一想，写一写：

1. 从植物身上也能品出性情，以上两篇文章中提到的花卉各是什么性情呢？结合文章内容说说自己的体会。

2. 观察一种自己喜欢的植物，试着写出它的性情来。

植物的安忍

一

正是龙船花任性狂开的季节，街边，它们或黄或红夺目抢眼，开成了几个声部的合唱。放几盆在家唱吧，这样想着，就搬了两盆放在阳台上。三个月了，如果两天没浇水，梢上的叶就有几片垂头丧气的，抱歉地赶紧补上一碗水，隔天，它们又鲜活起来，一点儿没怪我。

便是这样清水一杯，花盆里也异样地蓬勃，该开的花尽数绽放，最多的时候，我数了下，有十三朵。不只是花，枝枝叶叶长得更欢，随了自己的意愿，长成自己高兴的样子，它们就那样打扮我的窗台。我以为这是生命的最好状态，像是自己做得了自己的主。

层层叠叠的，太茂密了，是担心一抔土中的养分，还是不见新生的蕾，忽然想，是不是该修剪枝条，让它们集中精力开花呢？于是拿了剪刀。第一下是很难下手的，咔嚓一声之后，接下来就不会心软了，修出臆想中的参差错落，一下一下地，一会儿就横躺了一片青翠枝条，它们不知道自己做错了什么……

我对先生说："我不适合养植物，它们总要剪。"

他也常剪那棵发财树，剪几枝，退后看看，再补几刀，新生的叶片正鲜嫩，忽然就进了垃圾桶。

小区里，路边，一柄长剪，一地枝叶。园丁的工作内容之一。

如果一定要是一棵植物，那就长在深山吧。

二

天气晴好的时候，向西望去，可以看见三十里外白兆山上的那棵古老银杏，他们说那是李白种的，那是我们幼年的童话和传说，隔着一千多年的路程。等我可以走到跟前的时候，已经是二十年后，一圈院墙围住了它。我第一次看见那么粗的树，不知道多少人才可以合围，只是，它不再是我童年遥望中枝叶婆娑的样子。树干已枯死，失却枝条犹如断却手臂，身体上爬满苔藓，偶尔的，也有银杏的叶片直接长在那么粗的干上，仿佛手掌生于肩背，一点儿也不美，只有凄凉。

另一棵银杏，据考证已有2500多年了，哦，那可是生于春秋时代啊。多少风起云涌的历史都化为散淡烟尘，它静静地穿过时间，在它面前，唯有敬畏。但是，我分明看见保护者为它围起了水泥台子，看见观瞻者攀爬在它的枝头摆出各种姿态照相，看见它身后的水泥地面的广场……我不知道它强大的根系在不在意与空气的阻隔，只愿它一切安好，继续览阅人间。

这些枯死的，幸存的银杏，现在去看它们，都需要门票了，票价80元。一棵被圈在寺庙里，一棵被围在风景区内。

如果一定要是一棵植物，那就长在深山吧，无人能到的深山，想怎么长就怎么长，想长多久就长多久，朴素而天下莫能与之争美。

想一想，写一写：

1. 在作者眼里，植物有时候是无奈的，你能从文字中感受到吗？请结合文段谈谈体会。

2. 如果是一棵树，你想过怎样的生活？想象一下，然后写下来。

变了又变

偶遇某一个春天的松山湖，美得像梦，所以后来每到春天，我会习惯性地建议：周末去松山湖吧。

这一次到达，触目惊心，看到人对自然的破坏太过强大了。翻看前年去时留下的记录，文字里还处处欢欣：

也许是觉得美好的事物易逝吧，挽留的方式就是多跟它待在一起。于是，这个周末又说要看花，松山湖的湖边绿道旁，有不同花卉，有一段是油菜花，但见油菜籽实饱满，花全无。谁还忽悠我们三月底去东莞哪里哪里看油菜花海呢，哼，让他一个人收油菜籽去吧。

松山湖每年都在改造似的，以前的花海遍寻不着，但看出点儿其他的意思。那是多少多少公顷的山坡，遍植树木，有些山坡是樱花，有些是桃花，正开着的是紫荆，粉的，白的，满树满树绽放，热闹得很。也有种植木棉的山坡，南方怎么能少了它们呢？东莞的木棉花期比深圳似乎要晚几天，枝头满是鼓胀的花苞，偶有几朵嘴快的，站在枝头先行唱开了，而此时的深圳，木棉们都开出了响声……

租自行车绕湖半周，结果迷路，问了三个人，给了三个答案，最后手机导航加上租主给出的最简便路线指示：看路边的路灯竿，上面标有数字，在C12086处左拐即可。聪明！找到租车处，整整骑车三小时，下午两点晒到五点，估计脸部手部黑色素激增。不管它，乐观地想，体力还行啊，两座的车，我可没有在后座上偷懒哦。

记得第一次到松山湖是五年前的无意撞入。下高速，但见路面宽阔，车辆不多，行人更少，路边一棵接一棵高大的木棉花开得又热闹又安静，往往是植物的热闹制造了更宁静的自然。在见惯了都市人潮的南方，突然遇到这番景象着实讶异。深入景区，杂花生树，满眼青翠环绕着湖泊。沿湖走了一段，有绵延起伏的坡地，放眼望去，天哪，漫山遍野的格桑花仰着各色笑脸。这是在用事实解词吗？我瞬时理解了"花海"。

仅仅几年时间，我看见这片湖是怎样一点点地缩小，看见花海怎样一点点地只剩一个名称。上周推荐朋友到那里看花，朋友回来问我："你说的是这个松山湖吗？太多人了，垃圾桶根本不够用，被垃圾围住了。"

可不是吗？现在的松山湖四周都是大工地，天然的湖光山色不仅吸引了越来越多的游客，更是引来一批房地产开发商，楼群相继崛起，湖的水位却急剧下降，与五年前相比至少下降1米，原本清秀的堤岸潦倒破落，湖底裸露，一些贝类的尸体无辜地显露在春日的艳阳下。

不远处，一小片紫蓝色的花朵开得艳异，是蓝色鸢尾。在破败的湖岸边，它们依然表达着自然的神性，让人感慨唏嘘。突然，几个男女蹚进花丛，挥舞手臂使力地拔将起来，男的用力方向不对，拔断了，丢弃再来，女的说："我也拔几颗，这么好看，回去试下能不能养活。"

还能说什么呢？对自然若有感恩和珍惜之意，内心是会生出敬畏和爱怜的，可是有些人偏偏把贪婪当作了热爱。

心灵修习中有一个这样的说法："当我们心里有个深切、真诚的渴望，整个宇宙都会合起来帮助你。"为此，我满怀乐观与期待地发现生活中的美好，可是，在松山湖，我只记住了这些。

植物篇　植物静默无言

想一想，写一写：

1. 认真读文，说说作者描写的松山湖几个时期的景物有什么变化？每次是什么心情？

2. 优美的环境带给我们美好的心情，了解身边的环境变化，写一写你所知道的变化和自己的感受。

秋意阑珊

在南京出差，我想念湖北。一切是这样的相似，仿佛擦亮神灯，对灯神说："请把那里的秋天搬过来！"打着秋天记号的事物迎面撞来。天，高远湛蓝。风，长而寥廓。空气清冽，气温适宜。

什么是适意？在温和暖、凉与冷之间，我喜欢温、凉的感觉，如果一定要选出之最，那我最喜欢的是丝丝凉意。体感舒适，令人警醒，是启发式的温度，凉意袭来，许多深埋的情绪和记忆会悄悄苏醒，所以，秋天也是一个复活的季节。

那些阳光的碎屑——跟着作家教师读生活学写作

植物们有强大的镇静作用，它们安静优雅，顺应自然。在这个季节里，它们渐渐泛黄、变红，又明媚又忧伤，从时间的一端滑过来，又滑向遥远，不可挽留。

街边，梧桐叶剪出细碎的蓝天，银杏树上的小扇子们镶着金黄的边，枫叶已是酱红色了……这些小小的景物都能敲击我的灵魂，只一晃眼，我就牢牢记住它们的样子，又或者，我记住的并不是它们的形色，我记住的只是遇见它们时的心情。

就像我一直记得湖北，我的家乡那些风中摇曳的芦苇，写着白茫茫的秋色。我记得城市与城市之间，车窗外悬崖菊恣意盛开在田野间，明黄色的秋天是伤感的。我记得深秋清寒的夜晚，街边叫卖砂糖橘的小贩缩着脖子，他摊上橙黄的橘子，仿佛能温暖他的夜晚。我记得昏黄的路灯下，秋风中梧桐叶落了一片，年青的我们依偎着走在碧浈街上……

我记得那么多那么多逝去的秋天。

植物静默无言

去一个地方如同结识一个人，都是机缘。今年春节没有时间回湖北，但是，碰巧就有一次到武汉学习的机会。正是暮春时节，湖北最好的时光。记忆中，湖北有很多最好的时光。说出这句话，我感觉到自己终于长出了一点地域情怀。

高铁开始减速，窗外是城市的外围了，鲜嫩的绿圈出大小不一的水域。同行中有人感叹：武汉好多水呀！长江中下游的平原，自然水系发达，水赋予一个城市灵性柔和的特质，让人觉得易于亲近。初次到达的人，心底会升起莫名的好感吧。我这样猜想，因为我也用一个异乡人的眼光在打量。

到达时天色已暗，疲乏入住卓悦酒店。至次日，大雨中要去街对面的华中师大上课。同行的人又说："预报不是小雨吗？"不知哪儿来的豪情，我应着声："这就是湖北的小雨呀。"这牛吹得，立马小伞被风吹得翻转过去。

除开雨，满眼是绿。植物蓬勃清新，同样是绿，但是比较南方的植物，它们有婴儿初生的稚嫩，还有一段漫漫成长的历程在等待着。相对于此，南方的光影似乎脚步太勤，像快放的镜头，每个过程都有呈现，芽叶雨花，都有，只是晃了一眼就过去了。再者，南方多常绿植物，一年四季绿意盎然，沉甸甸熟透了的绿，混杂在新生的春天里，是不能有分别心对待的。南方短促的春日里，几场雨雾就打理好一切生长，植物瞬间枝繁叶茂，然后定定地安放在那里。我怀疑在树下屏息而立，可以听见花朵打开枝条伸展的声音。这节奏剥夺了时光里散漫和等待的心情，只能是应接不暇。然而很多时候，正是久久等待加重了美丽的砝码。

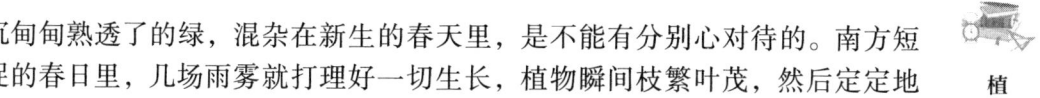

植物篇

植物静默无言

此时的华师校园，正值香椿树的花期，细雨微风里，暗香浮动。雨停的时候，收了伞走过树下，细碎的绿色花朵纷扬，不知不觉中洒了满身。迎面走来学生，三三两两，脸上稚气犹存，背包、马尾，运动衫、小平头，青春的气息逼人，美好得让人感叹。

目光总是不自觉就粘在路边一棵一棵的梧桐树上，叶片初初长成，摇曳在枝干之间，万千娇宠。在南京，在上海，走到这里那里，我总是不自觉地要朝它望过去。南方没有它的身影，在南方，它只生长于记忆。很久以前，碧溟路两旁是一路延展下去的梧桐树，它们的浓荫覆盖着小城的街道，夏日的清凉，街灯下的暗影，翻卷的黄叶，应该跟很多人的故事封存在一起吧。

舞台上的故事都有背景，这衬底有时是实用需要，有时只为造境。碧溟路的梧桐成为记忆的背景，又是为什么呢？那时，为了和朋友在街上多晃荡一会儿，我们总是一路走，一路互问："几点了？"因为我家管教严格，出门需要合适的理由，理由充分的话出了门必须晚上九点前到家。有时候贪玩，朋友不得不多过一次生日。街灯拖着青春的影子，忽长忽短，忽隐忽现。一棵树，再一棵树，我们在树下游荡……被限制的自由会自行打通另一扇朝天的窗户，以便逃遁，大人们从来不知道这一点。

其实，很早的时候，我还没有离开家乡的时候，碧溟路上，梧桐已尽数伐去，砍伐到普爱医院门口的那天，我印象深刻。中班时间，我走出医院大门，秋天的风干燥猛烈地刮着，已被伐倒的梧桐横在道上，枯黄的叶伸着手抖抖索索的，要随了风去。路上像秋天一样净爽，除了三两个伐木的工人，没有他人。突然，身边嗖嗖飞过两个身影，女孩儿在前面猛跑，男子殿后狂追。这是县城特有的一道情景剧，时常上演。据说恋爱遭拒使这个男子得了失心疯，从此，他胆子倒大了起来，在街上见到女孩儿就追上前去，边追边喊："喂——姑娘，姑娘——等一等——我想问问你，你有没有男朋友啊？我想跟你交个朋友。"哪个女孩见了不魂飞魄散啊。

我心想，不好了，他若追不上那个女孩，自然要来追我了，没有人能帮我，怎么办？根本来不及多想，那种鼻涕虫一样黏糊的声音从身后扑来，他果然调转方向了。身体已不是我的，我本能地转身站定，全身的力量涌向指尖，指定他："站住！不许走！一步都不许走！"

这是一个羞赧的少女与一个失心疯男子的对峙，我看到惊恐惧怕除了飞奔的姿态，还能制造一种强大的定力。我的身体没有跑，跑是一件多么羞耻的事啊，从小没人告诉我，可是从小我就是这样认定的。

男子在离我三五米的地方站住,手持扁担撑在地上,松垮委顿地倚着,他还要坚持说完他的那三句话。我继续发令:"不准说话!一句都不准说!"他期期艾艾着:"我就是想问问,你有没有男朋友?""不许问!不准走!"伐木的工人没有一个吓唬他的,他们龇牙垂涎看着热闹。我急转身匆匆地稳步直行,身后是阵阵哄笑。他会继续追吗?他会打人吗……我快哭了,但撑住了眼泪,脸红心跳头也不回地往家走。那天,全城的梧桐砍伐殆尽……

记忆真是奇特啊!收纳久远的物事,与情感存放一处,便是这些使人惊惧不已的"事故",时光也会梳理摘除其间的毛刺,使它们变成水一般的阴性物质,泛出青白的光来。

我看见植物,在不同的地方遇见它们,而它们只是讲述故乡。什么是故乡?或者,所谓故乡,那只是我们心里回不去的时光。

想一想,写一写:

1. 这两篇文章中,所有的植物都是情感的背景,仔细阅读,说说你在不同的场景描述里体会到的情感。

2. 读下面的话,结合文章内容,说说你的理解。
(1) 我记得那么多那么多逝去的秋天。
(2) 我看见植物,在不同的地方遇见它们,而它们只是讲述故乡。什么是故乡?或者,所谓故乡,那只是我们心里回不去的时光。

3. 景物纯粹的美让我们印象深刻,有时又因为关联着某些事情而让我们难以忘怀。你记忆中有这样的时候吗?认真想一想,写一写。

舍不得

跟李敏在小公园里溜达,被春天裹缠着,有时是香气有时是颜色,引得人目光四处流转，显得多有风情似的。

坡地上的那棵黄花风铃木格外抢眼，明黄色的花大朵大朵站在枝头，傲娇得很，远远地惹人指点，衬着澄蓝的天，每朵花都想飞。据说颜色鲜艳的花朵无需香味也能引来蝴蝶，而那些白色的或者细碎的花则努力地释放香气，吸引蜜蜂蝴蝶寻味而来。花朵们各自展示自己独特的魅力，只是为了在这个合适的季节里完成生命的传递。这样一想，对柔弱的美就起了敬意。

有几棵黄花风铃木从榕树背景中开出来，颜色也异常夺目。李敏说："我喜欢它本来的样子，不长叶，只开一树花，没有别的颜色干扰。"对美有追求的人自然有诸多的挑剔，而哪一种苛责不是因为深爱呢？对于自然造出的完美，我们害怕被破坏，我接道："可不是吗？就自己那样最好看了，如果需要绿色陪衬，它自己不会长啊？"两人遂大笑。

公园的一角，不知道是哪种树，在春天褪尽树叶，枝枝交错地排列自己的方程，有一种韵律在其中跳跃。观察那些枝条，它们分支、插空，每一道线条都是恰好，既不另类又不重复，与树木与空间达成完美的和谐。李敏擅画，自然眼光不同，她说："我散步时，有时就盯着它们看很久，不知道为什么这么好看。"我说："你这是要格物致知啊。"两人复笑。

春天就是这个样子，新生的花叶无意中造就喜悦，让人说莫名其妙的话，生无来由的笑，整个人都变得柔软了。

人对于美的迷恋常是带着一点疼惜，就像大人爱一个孩子，男子爱一个女人，他们的爱里都有想要保护的愿望。

只不过，对于这个万物生发的季节，我们何谈保护，像所有的光阴那样，一切都将一闪而逝。我们只能在阳光里追逐它，贪婪地看着，或者不看，只是安静地走在那些发芽的树下，陪伴一段美好的旅程。

春天，总是让人生出一种舍不得的感情。就是这样的舍不得，我知道自己永远是世间的，有迷恋有牵挂，对物亦对人。

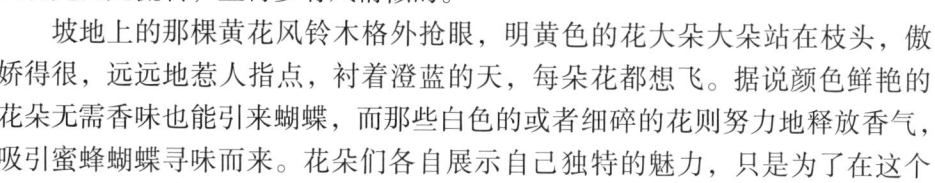想一想，写一写：

1. 读这篇文章，思考作者舍不得的到底是什么，请结合文章内容谈一谈。

2. 文中提到一种现象："据说颜色鲜艳的花朵无需香味也能引来蝴蝶，而那些白色的或者细碎的花则努力地释放香气，吸引蜜蜂蝴蝶寻味而来。"请查证资料，说说其中的缘故。通过了解，说说你对花朵有了哪些新的认识。

花　事

一

在窗台上种了格桑花，一种干净、艳丽的花，非常春天。当然，养它也是因为好养活，你给它水，它给你色彩。窗台向南，早上是初阳，晚上是夕阳，正午的时候，也沐在日光里，充足的阳光很是考验植物们的耐受力，也考验我这个浇水人的调控力。总是问卖花的人："多久浇一次水啊？"答者如果是同一个人就会有一个标准答案："一天一次。"有时我又问另一个人，他又说："两天一次就可以了。"这下我就有些迷惑。

回到家，跟纹爸的意见也不统一，我一拎水壶，他就会阻拦："不要傻浇，要看土。"说得多在行似的，土怎么看啊。结果，土没看明白，花叶我倒是看见都蔫了，深感负罪。这样了，竟然还不让我浇水，强词夺理地说："本来养几天就会谢的。"

我再也不能相信没有常识的辩词了，把它们移到户外的露台上，尽情地给水，第二天又看见生机，花是彻底不能苏醒了，一朵一朵收紧了曾经敞开的笑，但是细小的蕾却还有一片。为了彻底改变它们的颓败之态，我一枝一枝剪去了那些萎谢的花朵，一边剪一边念叨：谢谢你带来的美丽，对不起啊！

这片花蕾大约是要赶在春天盛放，它们比我还急，不过一日就连续不断地打开自己了，露台上，是风里摇摇晃晃的春天。而我因为这个正确的决定，稍减了内疚，多了一份喜悦，每日定时浇水，再不懈怠犹疑了。

二

格桑花移出去后，窗台上可以重植新花了。在花木市场走到一家店时，见玫瑰诱人，停下来问店主人怎么才能养这么好。店主是一位四十多岁的女人，说话带笑，看着也像花，我好感顿生，就说："买四盆吧。"她问："你的盆带来了吗？"我竟然不知道花是需要重新栽种在盆里的，以前都是在宜家买花，选好花，再选个盆，套进一放就好了，难怪都养不长久的。

这次带了盆就直接去她店里了。蓝色的绣球花一团团的，多肉萌萌地挤在木架上，一地我叫不出名字的花卉开得热闹非凡的。我一一指问，店主含笑一一回答，然后我又一一忘记。但是，有什么关系呢？花开着，看的人就生出了柔软和欢喜，生意的事反倒退后了，这些天天跟花打交道的人是不是更快乐呢？

种了一大盆玫瑰，白的、红的、黄的、玫红的，种在一起组成了一个明媚鲜艳的家庭。奇怪的是，没几天的工夫，白色和红色的玫瑰间，出现了粉色和浅红的花朵，这是怎么影响出来的？难道花朵是在用靠近的颜色相互示好吗？我们还是不懂植物的语言，只能暗暗惊奇。

胡兰成热恋张爱玲时，写信给她说：对人如对花。这时想来真是妙极，胡确是文字高手，心里种种难以名状的喜悦，他轻轻一句就道尽了。

其实对花亦如对人，它们无声的给予直达心灵。此时，我在瓜栗树下写字，一侧头看看怒放的玫瑰，我也有了养花人的心情。

幸好有植物。

三

树马齿苋、千代田之松、佛甲草、虹之玉……我默念这些名字时口内生津，能随口叫出植物的名称让我觉得特别专业，很有学问的样子，并且有一种熟识已久的朋友之情。感谢"形色"软件让我可以偶尔模拟一回专业。

肉乎乎的植物们挤在一个盆里，错落有致，摆着随时可拍的造型。拿回来的那一天，我发现两株大的多肉上，黑色的尘土落在叶片之间的缝隙处，严重影响了观感，于是对准喷水，洗得好干净啊。看着它们唇红齿白的爽利，特有成就感，好像刚刚顺利地帮胖乎乎的婴儿洗了澡，打上爽身粉，浑身香喷喷的。可是，过了不到十天，这两棵多肉就从盆里消失了。

啊，罪过罪过。所有的爱都要基于懂得啊，胡乱的施予无异于把它们推上刑台，与其亲切地叫它们的名字，不如认真了解它们的性情。

去一切虚表象，以心印心，方可得始终。

四

晚上，常是开车至半山腰，然后山上散步。这晚改了路径，直接走过去，于是遇到路灯下一墙燃烧的三角梅，我对纹爸说，明天白天一定要来这里拍照。

次日仍是好时节，艳阳之下，三角梅更恣意。花下过往的行人不止我驻足流连，若有同伴，会相互感叹："啊，太漂亮了！"独行的人，脚步匆匆，走到这里会忽然停下，拿出手机对准它们按几下再走。不期然的美是会让人受惊的，一定要有所表达，才不枉这场偶然相逢。

美是有感召力的，不过，它们知道自己很美吗？这不是它们要思考的，它们只是承接阳光，汲取水分，顺遂时节，努力生长，在任情任性中，活出生命的极致。如此。

花，是我们的老师。

想一想，写一写：

1. 文中所写不仅是花，更有花带来的思考和启发。"花，是我们的老师。"作者这样写道。请仔细读文，说说"花"老师让我们明白了什么。

2. 你也一定有在小小物事上获得启发的时候吧，认真回想、体会，并写下来。

感受篇

有所思

小喜悦

● 与友人相谈甚欢，不在表皮，在事物的核里。像两个吃核桃的孩子，敲碎外壳，掏啊掏啊，品尝藏匿起来的果香。喜悦。

● 白色陶罐内绿萝病态，一横心，弃之重来。从同事花盆中掐了几枝，虬枝乱舞的姿态，窝在陶罐里，来人俱说难看难看。养着养着，今天整整，揪去几片叶子，明天又摆弄摆弄枝条，渐渐如二八少女，有了曼妙身姿。喜悦。

● 思想和知识总是磁石，自己只能是细小铁钉，身不由己地靠过去。能有那么多身不由己的时刻。喜悦。

● 交三五损友，见面打趣，话里机锋，全在大笑之中一一识破。那什么书什么人告诫"说别人爱听的话"，见鬼去吧！身边有彼此相损而乐的人，才是真朋友。心无芥蒂，照见性情。喜悦。

● 桌上有一枚鸡蛋，下压一纸条：龙城初中的鸡蛋。考前送鸡蛋，什么兆头？看字就知道是郑迪思，问之，答曰：我怕你今天又吃不到早餐。偶尔闲谈一回被他记住……用心对他们，日日得见童真。喜悦。

● 写呀，改呀，讲呀。资料，资料，资料。一想，不到四天就暑假了，抱怨尽逝。喜悦。

● 想到要复习的电影《美国往事》，写着小喜悦，旁边放着《像唐诗一样生活》等我翻阅。人到中年，还有热爱之处隐遁养息。喜悦。

想一想，写一写：

1. 品味这些喜悦，体会作者为什么而喜。

2. 以此为题，也写写你的小喜悦吧，写着写着，你会感受到幸福。

有所思

◆向往清朗。月色筛下树枝的影子，在地上画出另一幅水墨，它们程度不同的暗映衬着一地白光。偶然的，枝头一颗干透的果子落下，砸响了月色。远处有人，是移动的黑影，脚步声带着回音，空寂地落在大地上。间或一声两声狗吠很远地传来又水波一样传向更远去了。风清月朗，寂静更静……很久远了，那应该是深秋的夜晚。

◆放下不是姿态，是境界。貌似消极，不奋争，不追逐，实则是坚守。明确心意，跟随自己，这时候，才能知道什么叫自在。

◆赠人以兰，我敲下这几个字，感觉古雅之意。友人家中植兰，盛开之时，早起摘了，以线串起，格外匹配青叶一枚，使花有承托，色有参差，芬芳也更雅正了。收到如此一串兰花，感念的不只是花香，还有这样的情怀。

解风情的人，小小举措间也尽显风流。

◆纹纹跟我聊李安的屡屡获奖，最后一叹："他怎么这么有才华啊！""啊"字拐了个弯才收住，一脸痴迷却收不住。

我猜：可能他离生活有一段距离吧，有时远一点，有时高一点。深陷其中的人会纠结于种种纷争与名利。保持距离才能剥离现实，看见包蕴其中的人性，以及超拔出来的情感、精神、思想等，他表达他的看见和对人世的怜悯，于是，我们看到了他的电影。

◆经常，被时间与时光形成反向的力拉扯。时间一往无前，有一个自己却一日日回到过去的时光里。桑葚树下的女孩，鸟雀倏忽来去的竹林，厢房里那箱白色封皮的书籍……记忆自行取舍，一些遥远的事物反倒清晰。这意味着什么呢？或者，不过是一种追问，什么样的路把我们带到这里？心性、态度，对于某类事物的热爱沉迷，它们因自有源头。

喜欢那些追溯因由的电影，关于梦境，关于潜意识，《盗梦空间》《蝴蝶效应》《源代码》之类，它们一致表明当下与过去之间的深层连接，表象与内心之海存有通道。

有一股藏在暗处的水流，一直负载命运的行舟，于是，我遇见你，遇见你们，遇见迎面而来的空气。

◆那些被白天被日常遮蔽的念头，会在夜晚化妆成梦，在梦里我们获得安慰和修复。

总有机缘让你看到神秘的力量，它的触手无所不及，捕捉异端，杜撰故事，潜入黑沉沉的夜，伺机而待。只是，你不知道这些藏有暗示的画面会进入谁的睡眠。深海一般的静与暗里，纵横交错的路上，依然车马喧哗，只是熟睡的人从来不会知道。

熟睡中的我们都是上帝的乖孩子。

◆看友人的博客，贴地的叙述里是生活的温度和湿度。艰辛历历在目，日子有多难就能打磨出多么坚韧的品质，人世间的情分在困境中更显郑重。我感受其中的疼痛，泪水滑落，被生活本身击中。

可是我不会这样讲述日子，是的，我不会，还有，我也不想。我无力翻捡和面对具象，我害怕它们在文字里复活时仍然持有利剑。这是一种貌似强大的脆弱，也是一种貌似脆弱的强大。什么时候习惯了一种舞步，临空虚蹈，不着边际。与生活是虚，与内心却更为切实。

也许贴地与贴心是两种层面的真。

◆妹妹跟我谈育儿，"他的小组长说……他的老师说……"我只问一句："为什么要让孩子那么在乎别人的评价呢？"

小马也这样谈儿子："如果这一天有人跟他要好，全天高兴。如果遇到矛盾，什么都看不顺眼了，烦躁不安。"

惯会说歪话正理的冯唐的《致女儿书》有言：

煲汤比写诗重要

自己的手艺比男人重要

头发和胸和腰和屁股比脸蛋重要

内心强大到混蛋比什么都重要

深以为然。内心强大时，才能不轻易被外界干扰，才能知道有一个独立的自己。话容易说，修炼却是一个缓慢打磨的过程，大人尚且如此，何况孩子？

不敢谈教育，谁赋予我们勇气和权力，挥舞着剪刀，试图修正孩子旁逸斜出的枝条。你怎么就知道自己剪掉的那枝是对的呢？那格外突显出来的姿态会不会暗藏孩子的天资和神启？

◆听汪峰感怀青春：

那时的我还没剪去长发/没有信用卡没有她/没有24小时热水的家/可当初的我是那么快乐/虽然只有一把破木吉他/在街上在桥下在田野中/唱着那无人问津的歌谣/如果有一天我老无所依/请把我留在，在那时光里/如果有一天我悄然离去/请把我埋在这春天里。

一时间，你绝对相信一无所有的青春岁月里有无限的丰饶，自由、激情、狂野、梦想……任是日后种种都不能替代和挽回的春天。

但我想，青春的伤痛一样深重，有一道愈合的伤口阴雨天隐隐作痛，只是形状看上去像一朵盛开的玫瑰。

因此，还是要埋在春天里。

◆纷扰浮华是世界的，也是外在的。一个沉湎内心的人，要么沉下去，要么超拔出来，只是路径不同。有越来越明确的方向真好。

◆石头半岁，渐渐爱笑。抱他，紧盯了你，黑漆的眸子定定地审视，是天地初开的清明。对着他百般娇媚地笑，说着亲热讨好的话，他终于首肯这是熟人，或者这是善人，于是笑了，口水滴滴答答地一路挂下，从他的衣领垂到我的手臂。

面对这样小的人，其实大人不是逗，是在接收考验，在他们面前，大人们表演着最深处的天真。

◆绵绵不尽地挂着，一整天，若干天，这初夏时节的雨。植物吸饱水，昏天黑地地生长。人在休眠停滞的状态里，睡觉，阅读，或者睡觉阅读。颠倒昏沉中睡眠浮着，一些情绪变成句子在脑中奔突。

干衣机又支起来，轮番吞吐衣物。烘干的衣物拿出来，有干燥的暖，全力对抗一世界的潮湿。我趁热铺展折叠，感受它们的温度。这个周末乐此不疲。

◆庆山说她写作《春宴》时，拒绝了一切外在的声音，不开电视，不看报纸，不浏览任何网页，只沉浸故事与人物。对于小说，不去评说它带来的感受，单是这种拒绝的姿态就让我有强烈的认同感。她拒绝的是世事乱象，试图在笔端再造一个凝神的纯净世界。

"世事乱象。"我常说。一切混乱信息一言以蔽之，言辞之间满是避离的意味。十多年前吧，一次在朋友家中小住，夜半先生来电，声音急切："赶快打开电视，看央视10套，在访谈王安忆，她说的话跟你好像啊。"是夜间的"读书时间"栏目，原来王安忆在说她喜欢古代，喜欢缓慢的节奏……似乎从没跟他说过自己有这样的一面啊。为了他这样的一个判断，还是会生出一些感念。后来讲给纹纹听，她并不理会我的感念所在，只强调："那也要生在古代的有钱人家才好呀，不然哪有时间闲情逸致？"这话真扎人。

◆风是伟大的画师，它用云作画，从不重复自己的作品，有时懒了，什么也不画，只挂一块蓝色的画布，那也是它的格调。

心血来潮的时候，使蛮力画满天的云彩，亮黄、橙色、绯红、紫蓝，一层层铺展在蓝底天幕上，气势恢宏。异样的美艳透出隐隐不安，仿佛生死契阔，一个黄昏耗尽人生。这之后，彩衣一收，即刻大变天。天气预报说，台风到了。

我想，风不仅是伟大的画师，更是先知，它时时都在预言。但愿我们获得正解。

◆一脚踏空，跌入蓝天。我想问，什么时候才可以落到地面。秋风早已从树梢吹过去了，一些叶子旋舞着，生命的最后一道轨迹足够优美，亦足够悲凉。

想一想，写一写：

1. 读这一组短短的小文，是不是有一种别样的味道？举例说说你的体会。

2. 自由地书写是放松的，流畅的，舒适的。瞬时所感，偶尔所思，一时所见……拿起笔，从自己出发，你也自由地书写一组吧。

记 录

●是性情还是年龄？越来越喜欢老旧的物事，看有些年头的建筑，仿古的实木家具，传统的工艺，甚或旧时的爱情，自然还有旧时的书籍。那里堆叠着时光，有光芒穿过尘埃照射出来。向着它们走去，是逆着光的，也背弃了时间。

和喜红约了读《史记》，记在这里，以便半道怠惰时自查。

家里现有两套这部书，一部是纹爸买的，我想他从未打算读吧，一个注释都没有。另一套是我买给纹纹读的，古文译文对照。她没翻过，我倒是翻看了，太多繁难字，查字典累死了，看两页就不想查了。

如果有一套这样编的《史记》，不用整篇译文，但是繁难字有注音，重点字有注释，那就好了。喜红说：有啊！于是她买了那样的一套。编者与这套一样，也是韩兆琦。

读友有了，想要的各种版本有了，还有什么理由不读呢？看看那厚厚的四册书，鲜亮的黄色有些耀眼，但是，内心已生成一条很安定、很沉稳的暗河。

我想读的不仅仅是历史，我想看见文字的好，我看得见吗？

●熨衣服的时候看点什么呢？嗯，南怀瑾的讲法吧。他的《南禅七日》，断断续续地听，近90岁的高龄，妙语连珠。关于法，不敢妄言，听，感悟，与生活对接。听着听着，有一段解除了我的困扰，前段时间拟定要写的那些个困惑，一下子都有了答案，可以不续写《殊途同归》了。

●医生开了药后特别叮嘱尽量不说话或者少说话。什么意思，吃的就是说话的饭，不让说了那做什么呢？

咳嗽一段时间了，时好时坏，到后来说话自觉气短，半句半句地讲，边讲边叹气。去中医院看病，我陈述病情时强调一下："医生，我还干了一件很傻的事，就是试了试江湖说法，按原始点什么的，之后又没有按照他们说的喝姜汤，导致咳嗽加重了。"惯常的，医生打心眼里瞧不上江湖路数，一听说，撇嘴皱眉的微表情不自觉地就浮泛上来。但是给我看病的陈医生只慢声轻言："没关系，你不要太自责了，我非常理解病急乱投医的心情。"感觉看的是心理医生。

前前后后，身边问候的、支招的、代课的、送姜的一众好人，还有我的那些鼓掌欢迎我回来上课的学生，感念种种善意里的暖，人世的温情之所以让人难舍，就在这些小小的细节里，包裹着我们，让我们沉迷。

话说得少了，说时声音小了，弱了，有了一份貌似的温柔，我简直要认为这也是我的一课。看南怀瑾讲法时说："我也是前世造孽太多，所以这一生狠用这张嘴，要说这么多话。"我想，平日里，我也是说太多话了，不慎言，言多必错。

少说，少说。

●《少年派》上映时就看了，极力推荐给纹纹，她说忙，偏不去。只等李安获奖，才又嚷嚷着要买书买碟。我在网上找到，让她解馋。虽然高中生课业紧张，可是偏就有我这样的家长。幸耶不幸耶？

她晚上看完，第二天一早就追着我问："故事有两个版本，你信哪一个？"我说："我信李安。"

孩子总是更能够沉溺故事，而忘记了说故事的人。如果电影里没有派讲的第二个故事，那这部电影就仅仅是个传奇了。纹纹一定要问："你愿意相信他说的哪一个是真实的？"我们都不愿接受残酷，但是现实也许就是残酷的。我说："也许是有一个事实，但是，我愿意相信老虎。"如此她才算满意，仿佛在我的回答中确认了一下我的内心世界。

想一想，写一写：

1. 小故事里有真性情，你从这几个小故事体会到其中人物怎样的性情呢？结合文段说一说。

2. 生活中时时都在发生着小故事，细心地体察，就会觉出其中的意味。或者写着写着，原本浅淡的意味就浮现出来了。试试看，也写一写你记得的那些小故事吧。

荒野之野

欢乐与喜悦

纹纹发来一条信息："和同学去了路环，相当于澳门的乡下。海边有大棵的榕树和木棉，空气好，人也不多，挺安静的。"我读了不禁莞尔。终于有一天，她眼里也有了自然山水。

那时，春天来了，我们穿过公园。植物初长的气息浮荡，有意无意间常常深吸一口气，辨识其中的味道。有时是幽幽花香，有时是树木生长时爆出的木质香味。青草和泥土的味道，在雨后或者清晨也是能分辨出来的。

迎春花的枝条长得有些猛烈，从斜刺里直冲上小道来，一朵一朵小黄花坠在枝条上，叶片和花朵上凝着昨夜的露珠。我在后面喊住她："纹纹，你看！"也许是我声音里的惊喜使她淡然回头，她若无其事地扫了一眼："看到了。"这高冷的姿态，反衬着我莫名其妙的热情。原来她眼里没有草木啊。

他们的童年里是各种参与性的刺激游戏，海盗船、时空飞梭、过山车……他们在那样迫近的身体冲击中才能惊吓地欢乐起来。欢乐不是喜悦，她还不知道，植物能送来生命的喜悦。

而这不过是时间的问题，终于，这一天，她领受了。

拐弯的火车

从市中心到郊外的那个小山坡，骑车需要30分钟。赵不上班的时候，我会请假跟她一起跑去郊外。

城乡之间的分界多是由一条公路断开的，过了城外的那条路，四下突然清寂了。一条蔓草铺就的小路垂直于公路延伸远去，我们不知道路的尽头是哪里，也从不想知道。我们只想在这个下午待在清静的山坡上。说话。遥想。

坐在草地上，有时会看见周围冒出的小野花，小得几近于无，凑近些可以看清它们也有完美的花形，渐变的色泽。像我们一样微渺却充满幻想的青春。

斜坡之下，偶尔有隆隆开过的火车，绿色的车皮里装满了故事。有时走过的是灰褐色的火车，冒出烟雾和车体一样迷糊不清晰，不让人喜爱。却知道，它一样，也是开去远方。

那时候的我们只为远方而存在。20世纪末的火车在那里拐了一个弯，终于带走了我们。

现实迷离

极目处是苍翠远山，不知名。惶惶略过窗外的一会儿是开花的树，一会儿是丛丛灌木，最多见的便是芦苇了。芦苇，这散发着女性气质的植物，是凝固在时间里的风，有着飞翔的姿态。它们是荒野的主人，也是荒野的孩子，柔软的肢体飞蓬的长发，起伏摇晃了一万年。

天空有大朵的白云闲闲漂游，看着它，自己也失去了重量，现实远去，无边的自由弥散开来。在车上，陌生的空气与人群，加重了孤独的意味，也确认了没有依凭的自由。

荒野之野，是这样易于迷失自己，时间和现实撤退，出离日常，成为任何自己。

短暂的出离是美好的。美好就在于它短暂。

想一想，写一写：

1. 认真阅读三个小片段，说说它们在情感上的共同点是什么。

2. 画出你认为有意味的句子，仔细品味，写写你的理解或者困惑。

舌尖上的记忆

  新近听说开了一家湖北餐馆。湖北菜在深圳并不大众，身为一个湖北人，但凡这两个字一晃眼，总是会走进去瞧一瞧的，虽然也不清楚自己有什么特别的想念。偶有现身的湖北菜，像和兴花园那家，去一两次后，店面就易主换脸了，自然也不再是湖北口味。

  这一家湖北菜是老乡推荐的，他说，有地道的藕汤。我们约了弟弟和他的湖北同事欣欣然前往，打开餐牌，菜式并不丰富，更不华丽，平常得如同走进农家小户。香煎白鱼条、排骨炖莲藕……我们指着叫着，似乎不为点菜，只是指认着熟悉的旧友。

  记忆真是一个奇怪的仓库，通往它的路径繁复多样，你也不知道它什么时候，依托什么抵达。音乐、文字、画面自不必说，这舌尖之上的味蕾，唤醒的记忆指向似乎更为具体。

  藕汤端上来了，热气中浓香扑面，粉红的藕入口即化，余香缠绵。虽说对于吃，我不懂品鉴，但是吃着这样的藕，自然地就会关联起那些冬日。是的，多是冬天，炉子上的瓦罐会咕嘟咕嘟炖着这么大大的一锅汤，走进厨房时，白烟弥漫着，罩住母亲，母亲应着我们的话，新的白烟又冒出来。说话间，一碗碗藕汤分装好了，一一上桌，一大家人的满桌笑谈，和着这腾腾的热气一起荡开……

  上来一道青菜，我转头问服务员：打霜了吗？服务员心领神会：早就打霜了。又夸张了一下：家里的人说，很大的霜，像下雪一样白。

  这段对话以深圳做背景时，很像神经病在说话，但是湖北人都知道，打霜过后的青菜更清甜更柔软。青菜具体说来应该是有很多名称的吧，分不清它们的名目，视所有的绿叶蔬菜为青菜，这些被我混为一谈的青菜，它们经受一阵霜降后，都减去了锋芒，稠厚了韵味。自然参透于万物中的理从来相通，人亦如此，味道都在磨砺之后。

  纹纹对这样的餐馆是不感兴趣的，那些菜品与她有什么记忆勾连呢？他们这些籍贯湖北，却从不熟悉湖北的人，哪里是他们记忆中的故乡？

想一想，写一写：

1. 读这篇文章，你能体会到怎样的感情？请结合文章的内容谈一谈。

2. 你的经历中有通过什么事物唤醒的记忆吗？饮食、景物、文学、音乐、绘画……想一想，写一写。

真丝飘飘

看见它，我不能抑制拥有的愿望。天蓝色的披肩，前面几个大的褶皱错叠起来，套在白色背心、长裤外，飘飘洒洒的，可以想见稍一走动就会有一股蓝色的风。没有比真丝更能制造既飘又坠还贴心的面料了。我爱真丝，不知道从什么时候开始的，也不知道什么原因。

它娇气，那么不好打理，褪色易皱，若是衣服，穿着还不一定好看，毫不留情地揭露身材任何不恰当的地方，除非生就的好衣架。我知道它的一切缺点，但爱是没有条件的，用这样的爱来对待一种面料真浪费啊，如果这样爱一个人或者被一个人爱那该多好！

冬天过去，收拾衣柜，一口气晾了十几条真丝围巾，长围巾有玫红、橙色、天蓝、淡紫，大方巾有藕荷、淡绿，小丝巾有宝蓝、淡黄、纯白、暗紫……祖母说过，真丝啊，黄金难买水中色。所以洗涤时会格外留心水中的艳丽，点数它们的颜色，我感觉到平常日子里的丰盛和梦幻，它们像一片彩霞落在我的阳台上。这些质地柔软色彩柔和的饰物很有魔性，它们往往能重塑衣服的性情。安静的素色衣物们，因为有了它们立刻鲜活起来，从原本的角色里成功出逃，出演一回灵动飘逸。

夏天更是真丝的世界了，长裙短衫，见一个爱一个。有条裙子已跟我多年，少有这样的不离不弃，简直就是一段坚贞的爱情。我还记得第一次看到它是在海口"新加坡窗口"的橱窗里，它简约得没有款式，挂在模特身上却有了婉约的气质。渐渐过渡的粉红到上面成为白色，前面几只翻飞的黑色海鸥，随意飞翔却错落有致，有不自觉又不自知的美。它不是衣服，是一幅色泽明丽的水墨画了。看看标价，我感叹自己的审美不错，果然好贵，好吧，我见过即为我所有，我这样解劝自己，仿佛得道。但是这个新加坡的专卖店大约经营不善，很快就准备转让了，偶尔路过看见全部商品三折出售，二话没说，进去就取了这件，朋友说你不试一下吗？我说不用了，不能穿就挂着看。

走一路买一路，很多条真丝的长裙了，每次出门它们不好携带，到地儿了一件件皱巴巴的，还得先服侍好了它们才能让我出门。恨恨地想再不买真丝的衣服了，可是一不小心又是它了。什么叫一见钟情？就是这样了，前世的相约，今生的相会，没有怀疑，直奔他而去。

因了这样的喜欢，我怎么着也得牵强附会地找三两个理由说服自己吧。比如手感，比如质感，比如美感，但这都太抽象，我以为它是会呼吸的布料，仿佛自有生命。是啊，追溯它的来处，总觉得带着神秘，融合了阳光和黑夜的气息，仿佛天赐的神物。神派遣蚕（你看，是天虫）给人间送来天衣，它携带的方式奇特，以不间断的吃，而且只吃桑叶来完成它所负载的使命，一切有特殊嗜好，且嗜好到极端的生命应该都带着一定的神性。终于吃够了，然后躲进漆黑的屋子，人们自觉规避这神圣的时刻，避开这不可泄露的天机，再然后，这块会呼吸的布料就诞生了。

是了，我爱它，像爱着一个生命，爱着前世的爱人，怎么对爱情的理解总在这里不自觉地掺和进来呢？这样一个时代里，我总是小心翼翼地吐出这两个字，觉得不合时宜。但是谁来告诉我，爱情，那不是我们心里的圣经。

那些语言

似乎说过很多关于服饰的话，倒不是怎么样地自恋，实在是撞眼中，读到它们特别的语言，忍不住地想翻译一下。

很花的一件风衣，墨黑的底子上，细碎的翠绿叶片衬着鲜红樱桃，旁边散落的白色花朵应该是樱桃花吧。红的、绿的、白的、黑的，强烈对比中的颜色都在跳跃，那么急切地想要站出来说点什么。这花色有风轻月白的天真，一目了然的简单，但是如此沉默的黑压住了一切，只留下跃跃欲试的态势。修长掐腰的裁剪，细微褶皱的翻领、布扣腰带处贴了复古的蕾丝，它们赋予天真活泼一些文雅，所以那么艳丽的花看着不再俗气了。买下这件衣服，是喜欢它的端庄里一些想飞的不安分，还有藏在沉静中的天真喜悦。

这件衬衣，只能用繁复来描述。首先抢眼的是珠光的紫，低调奢华的颜色，厚重的真丝强化了它的质感，然后看见它的样子：左肩开口的立领、右边环绕而来的衣领带子，背后的长排装饰纽扣，右侧的掐腰拉链。一道连加题，把复古的元素层层叠叠地用上。穿妥它的最好方法是对着镜子站好，有个女仆帮你牵抻拉扯，一一整理妥帖，所有的纠缠有理有据。对镜顾盼，你看见一个自己从时光中渐渐倒流回去，仿佛前世。

这些贝壳、彩色木珠还有浅紫碎花，顺着两肩到胸前匍匐跳跃在紫蓝的底色上，它们是一颗一颗钉上去的。喜欢手工参与的制作，离开了机器，有着自己独一无二的不可复制性。下摆的蓬蓬裙是白色的主调，一朵一朵紫蓝的花像小小的烟火盛开在裙底，呼应裙子的上部分，腰部是蓝与白交和后紧密织就的蓝灰，服帖掐腰。我穿着这么件衣服去上班，同事看见，说："哇，你像一只青瓷花瓶。"

……

女人那一衣柜的服饰，都在自说自话，张爱玲说："对于不会说话的人，衣服是一种语言，随身带着的袖珍戏剧。"每个人其实无法掩饰，便是不语，也在演出着自己。

想一想，写一写：

1. 每一种事物都有自己的语言，前面两篇小文写的都是服饰，从中你能读懂文中服饰的语言吗？试举例谈一谈。

2. 用从服饰看性情的眼光，看看身边的人物的衣着，写一个小片段。

在路上及其他

雨，没有停的意思。站在阳台上观望车行过溅起的水花，依然选择了出门。

车上高速，极目处满眼苍翠，绿色撩人，抚慰体贴地拥来。细雨收尘后的天，又清洁又辽阔，任由徜徉。于是不再计较前去的目的地，只要在路上就好。一颗不能安宁的心，一直在路上，在时间的路上。时间消磨我们，我们亦用行走消磨时间。

车窗外，烂花迷眼。突然觉出这个词的好来，它流淌着繁盛与自由的气息，任性张扬，一如青春女子，无论美丑，都在这一季盛开隐秘，晃动一张魅惑的脸。那些或黄或白的细碎花朵，枝枝蔓蔓的三角梅，一眼不错全落在我的眼底，做个解花语的人多好。四百年前杜丽娘唱道："却原来是姹紫嫣红开遍，似这般都付与断井颓垣。"女人如花，寂寞盛开，谁解风情，惜风情呢？

山　庄

纹爸胡乱地走，从岔道拐进，沿着祥和山庄的指示牌拐弯上坡，再拐弯，再上坡，没路的地方果然就是山庄了。四面环山，溪水淙淙。山庄隐没山间，有一些天成的意味，所以毫不惹眼。主人精明，并不跟前面的五星级酒店较量，只用桑拿板装裱了墙面，外观屋顶之上又覆盖了一层什么，难道是传说中的茅草？

深呼吸，不由自主地。爱这里，也是不由自主地。闲花野草恣意，无人沾惹，我只辨认出淡紫的山茶花来。梨树下，女主人泡了一壶茶，热情地邀约我们喝茶。

今晚就住在这里吧，明天由小鸟负责把我叫醒。但是女主人说早就客满，订房要提前预约，只有二十间房。闲坐一回，山边随意走走也觉不枉。跟土地在一起，我们做回了简单的孩子，有不知名的喜悦满溢着。

回博罗找酒店住，一路哼的歌来回就一句："我独自走在乡间的小路上……"想想是小红帽唱的。看见一头牛，又改了："走在乡间的小路上，暮归的老牛是我同伴。"经过一个地方就会指认：像不像安陆？像不像天灯？永远只跟家乡比，永远会因为有一丝相似而倍感亲切。

酒　店

普通标间：地毯，落地窗帘，两张床，两张沙发，卫浴，电视，以及各种灯，在不同的酒店，它们复制粘贴后略做修改。纹纹小的时候，有时会逐一测试各个按钮，一点点的新奇和探测中比较与某个酒店的异同，语气淡然，没有距离和陌生感。

我的母亲会说她换一个地方睡不好觉，床不对，或者方向不对，她总能意识到身在异地。而我们是反过来的，回老家的时候，清晨敲醒我们的意识是：呀，这是在家呢！

散步时常常会路过从前工作过的地方，我指着三楼伸出的阳台告诉纹纹："从前我就住哪一间房。"我还能记起那些清晨，远处有歌声穿过雾气而来，隐隐约约地:"依然看见从你眼中滑落的泪伤心欲绝,混乱中有种热泪烧伤的感觉……"细节如此清晰,回望中却没有产生熟悉和亲切的感觉。

这些不断流逝的地方,它们并不承载情意,我们不过是彼此的匆匆过客。向前时,我们抛下了什么?也或者,我们还没有老得需要借助回忆来复现生命的活力吧。

索 道

冒雨乘1800米的索道多少有些头脑发热,但是一切玩总是由孩子主宰,本来就是他们带我们玩,他们说了算。没想到罗浮山的缆车如此简陋,没有门,只是一条长椅,拉下围护的架子,脚底踩实。视觉上安全感少了几分,但是空气清新,脚下的植被葳蕤,穿行森林的感觉还是不错的。

及至山顶,雾锁山头了,简直要怀疑这座道教名山的云雾里是不是坐着得道的神仙。裤腿没有雨衣遮盖,全部淋湿,扬声问下行的人:还有多远啊?那个男孩子的声音在浓雾里显得隆重热烈:到了!就快到了!

可是索道突然停止滑行,山风猛烈,我们的长椅摇摆不定,纹纹嘀嘀咕咕着再也不坐了。我目测缆车到地面的距离,想着若掉下去是死呢还是伤。两分钟后缆车继续上行,到达山顶能见度不到五米,什么也看不见了,"鸟瞰罗浮山全貌"成了一句谎言。徒步下山已不可能,转个弯买好返程的票开始排队,此时半山腰雷电交加,索道暂时停运游客,我们的队伍越来越长。身后一个女孩对她的同伴说:"你不觉得这样很浪漫吗?"我回头看见一张青春洋溢的脸。

天空越来越暗,水雾包围裹缠,我问纹爸:"这到底是雨还是雾啊?"纹爸说:"雨雾雨雾,有什么差别吗?"也许它们只是在山顶没有差别吧。

终于可以通行了,我们穿云涉雾,像神仙一样渐渐降落凡间,只是湿重的裤腿让我们飞不起来。

想一想,写一写:

1. 这篇游记就是走走、看看、想想,也许是景,也许是情,也许是感慨,你在每个小小的主题中读出了什么,请结合内容说一说。

2. 写一篇你的游记吧,若记得沿途的风景就写风景,若觉得一起游玩的人有趣,就记有趣之事,跟随自己的心意,写下自己真实的印象。

浅浅的红尘瑜伽

今天的瑜伽课很辛苦，平衡练习，看不见运动的强度，可是对自己身体的控制，却如此消耗能量。一身的汗在最后的全身放松中风干，整个身体恢复平静。躺在地板上，感觉像绿荫下静止的秋千，幽谷中绽放的百合，有淡淡的寂静的喜悦。

瑜伽，它在意对身体本身的关照，屏除过去未来，只剩当下的身体，和着这一口游走的气息。随着深长的呼吸，身体渐渐改变，头、手臂、腰、腿，它们一次又一次跟随意念到达全新的极致。老师没有对我们讲瑜伽的教意，但是"呕——牟——"的唱颂、带往安静处的音乐都在营造一种宗教氛围。"拜日式"看起来就是虔敬的宗教仪式，藏民朝拜雪山的五体投地不就是这样的拜服吗？不过，我们在浅浅的瑜伽里只有不附带任何宗教情感的动作，它规范，严密，并且逐日抵达新的高度。

瑜伽对身体的牵引在意念之外，应该还非常科学。每一个体位练习后，都有相应的放松，这样的调节把身体从断崖边带回，软性的攀升，没有疲惫和敌人。整套练习暗含辩证的哲学：张弛、松紧、进退，每一套动作都是相对地存在，如此循环中，自我控制的能力不知不觉渐渐提升。

我还喜欢瑜伽练习时的面容，平静、安详、包容、隐约含笑，面容即心境。为什么肤色一样的东方人却能一眼辨出各自的地域呢？韩国人、日本人，就是香港、台湾和大陆的人，也很容易区分，因为面容不同。也许很难用一个词准确地概括地域的共性，不过陈丹青先生厉害，他说第一次去美国大吃一惊，街上的年轻男女都长着一张没有受过欺负的脸。一句话道出了面容的很多成因。父母给我们五官，但面容由后天重塑，环境和心境再造容颜。

也许，浅浅的红尘瑜伽是要通过呼吸的调理、体位的训练、面容的重塑，来提高修习者的心智，通过修习，时时反观内在、自省、自控、再到无需控制。

对于自己，身体、心智、情感，这一切真的都是可控的吗？

想一想，写一写：

1. 写一种身体的感觉是需要先用心感受自己的。这篇文章，哪些地方可以看出作者对自身感受的体察？请找出来读一读，体会这样写的好处。

2. 我们学习舞蹈、乐器、书法、绘画、体育项目等，都要从内在感受自己的身体与事物之间的关系，这样的感受能促使我们学习得更好。请你结合自己的某一项学习内容，就身体感受和心里的联想，写一两个片段。

在台湾吃吃看看

吃 吃

虽一海之隔，却总有些神秘闪烁，这是台湾给我的感觉，也许大陆多数人俱如此吧。两个小朋友的话很有代表性，在日月潭，佳怡小朋友如是说："孙阿姨，我们小学二年级课本中学过这个日月潭。"参观中正纪念堂，纹纹小朋友质疑："原来是这样啊，我们历史书中可没有这么说。"成长中不断地看见，于是台湾反倒神秘模糊起来。

正值台风多发季节，"苏拉"刚走，我们就到了，回之前"海葵"擦边，还好，只影响了一个东部花莲的景点，没有影响我们深圳的航班，回上海、杭州的游客，全部滞留。

要说这一路最高兴的就是吃了，意料中的。在机场换台币时，老卫问我换多少，我的意见是购物刷卡，吃零食的钱换够。

吃什么呢？正餐随团，我们要找的是传说中的那些水果、饮料、小吃。多年前在海南岛上首次吃到冬枣，据说是台湾的品种，它既有枣的清香，又有梨的水分，还有比苹果更细腻的质地，让人对台湾水果产生了足够的好感和神往。本次印证和强化了这一事实，同是菠萝，他们称之为凤梨，可是人家的切开之后，呈奶白色，食之有牛奶味，少渣，喝水似的。芒果没有那么冲，香甜浓郁，有一个词恰如其分：入口即化。吃它你才知道，原来这个词不是形容词，只是写实。还有车厘子，个头大，深紫色，超市买的，折算人民币一斤才20多元，哇，深圳的物价真高啊。纹爸喜欢香蕉，极赞：香滑、甜……这真让我们这些水果爱好者陶醉，杨桃、火龙果、木瓜、哈密瓜、西瓜、番石榴，短短六天，我们要尽量比较出水果们在海峡两岸的差异，结果是，纹纹崇媚点评："东西就是好吃一些啊。"我客观地附和一声："是的，吃起来还挺放心的。"

据导游说，现在已不流行珍珠奶茶了，现在流行的是木瓜牛奶，六合夜市上有为人称道的"郑老牌"木瓜牛奶，得马英九夸赞，生意极好，许多明星都在这里留影，为它广告，我们各来一杯，台币50元，货真价实，真饱人啊。

至于那些点心，看纹纹每天早上吃得心满意足，我真是揪心，怕她长胖了后悔。离台的前一天，团友们买凤梨酥那可真叫欢呀，不要钱似的。小小一盒，人民币80多块呢，不便宜。但是店员忙着一箱一箱地打包，自然其中也有我的一箱，导游看着心里乐开了花。

看　看

走马观花无非一个看字。匆匆里看景，看人，看名胜，这次还多了——看碟，看电视。

说到看人，还真看到一个名人。从香港机场飞台湾，不成想竟然在机场看到杨振宁先生了，颤颤巍巍的一个老人，一手拄着拐杖，另一只手翁帆搀扶着。追过去，想让孩子们跟他合个影，不知道老卫有没有拍到，就算拍到也是背影。能与这样的人照面一次也是缘分，上网一查，看到老先生今年6月30日在清华大学度过了90岁生日，更生感慨。这样高龄的人仍游走穿梭于世界，让人惊叹生命力的强大和坚韧，卓越的人让人生出感佩。

同样是看人，只是不在机场，而是碟中。大致上可以猜测，这是每个大陆团都有的节目，因为这些碟的内容涉及了这样一群人：张学良、宋美龄、蒋家父子，甚至还有毛泽东。换了视角看一群熟悉的陌生人是很不相同的感觉。纪录片里呈现了早年珍贵的历史照片和录影，相对客观和中肯地评说历史，让一个久远的年代以立体的方式重现，看到的画面，听到的见解，对孩子来讲是历史常识、政治见解、中西文化的补充，很好。我们亦然。

为什么一定要说一下电视呢？每晚回到酒店已是疲累，但还是在收拾整理中侧耳听听当地媒体会有一些怎样的说辞。很有意思，一天是批评中国大陆为了追求奥运金牌对运动员所做的非常人所能承受的训练，还有照片为证。一天看到谴责马英九政府对于当地台风灾害的关心还不够深入，同时也提出台风对当地造成的损失应该追究原因，如果是因为当地政府管理疏漏，就应该由地方政府想办法补救损失。一天是一位法师讲法……

要说台湾的古迹，真不恰当，能有多古呢？明末清初，才有大量福建人

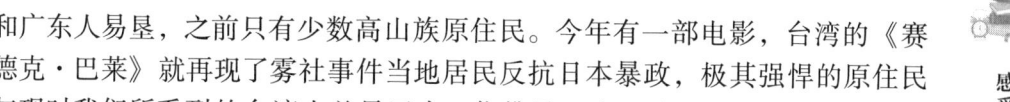

和广东人易垦，之前只有少数高山族原住民。今年有一部电影，台湾的《赛德克·巴莱》就再现了雾社事件当地居民反抗日本暴政，极其强悍的原住民与现时我们所看到的台湾人差异巨大，仿佛另一个星球。期间，我们到访过日月潭边的一个村落，老村长说话行事中仍保有这种强悍之气。

现在在台北能看的无非这些：台北故宫、士林官邸、中正纪念堂、101大楼之类，时间紧促，所见有限，但仍然很有触动。

原来赫赫有名的翠玉白菜是这么小，总是看到硕大的仿制品，干扰视听。传说中的青瓷安然陈列在玻璃柜中，时间覆盖了记忆，已经没有人知道它们是如何诞生的，它们知道一切，却从不开口。微雕九层玲珑塔……此时，你很容易在内心形成对比，在北京故宫，我们一路走，一路狂拍，相机闪光灯闪闪烁烁，好不自在。但是台北故宫禁止拍摄，大约这样做是为了更好地保护这些珍贵娇弱的文物。想当年战火纷飞，蒋介石把它们带至台湾藏于山洞，直到博物馆建好才让它们渐渐呈现于人前，经历这么多动荡的岁月，它们完好无损，相对于北京故宫的多起文物损坏事件，我们应该用什么样的感情来面对？是叹息它们流落至此，还是为它们安然于此而庆幸？

行走是一次见证，在见证中对比，与想象对比，与现实对比。差异中形成的感受，有时非常微妙，这种微妙，也许就是行走的魅力吧。

想一想，写一写：

1. 读本篇文章，体会作者是怎么描写不同水果的味道的。你喜欢什么水果，写写自己吃时的愉悦体会。

2. 哪怕一次走马观花的旅游，也会带给我们一些新奇感受，你一定也有这样的体验，是什么时候，你看到了什么新鲜事物，请说一说。

来了，看见，走过——匆匆日本行

飞抵大阪

8月3日的天空是透明的，从飞机的舷窗望下去，地面清晰，海洋、森林、农田、房舍分割着地球的表面。一些说不清楚的期待开始滋长起来，总是那些模糊的不明确的地域和氛围使人有了行走的动力。

到达关西机场已是下午两点半了，导游让我们把手表调至东京时间一点半，便于后面几天的按时行事。大巴从机场开往大阪，窗外，蓝幽幽的海面反射着夏日的强光，空气似乎都有硬度，变得刚烈了。地陪杨导是留学日本后留在日本工作的东北小伙子，春风满面，讲话简洁生动，能让人信赖。

若是跟团，导游的素质直接影响这一趟出游的质量。印象比较好的还有韩国的导游，那个韩国女孩儿曾留学中国，交流顺畅，再者，她长得太像我的死党Z了，连声音都有几分相似，跟团的那几天，我简直有跟Z一起出行的亲密感觉，所以，无论怎样都绝对至好。最不好的导游是去台湾的那次，那时还没有开放自由行，暑假出团人多，旅行社人手紧张，不知把哪里的什么人挖出来作领队，那个小伙子大约是从前没有存在感吧，这回手持话筒掌握了话语权，真是十分可怖，从头到尾无章法无目标模仿着台湾腔聒噪了一路，亏得团里的成员修养都极好，很多人默默戴上耳机。至于泰国的导游，他只紧张要求自费的项目，这个钱大家都交了，他也就无所事事地扯扯闲篇，我原本没做什么指望，所以也谈不上什么失望。

大巴驶进市区，杨导指点着路边的楼房说：日本的治安还是挺不错的，基本上夜不闭户也安全。邻居阳台不是一道墙，只是一道屏风，为什么这样呢？一道屏风保证了平日里各自的私密性，但是万一遇到什么灾害，能保证小孩子也可以轻易推开这道屏风，从邻居家逃生。又让我们猜测那些张贴在楼房窗玻璃上的红色三角是什么意思。自然我们不知道为什么这么多房子都贴上这个，又没有格外美观。导游的答案是：这是在遇到灾害时，给救援人员指示的最佳路径，便于省时快捷地救援。

看似小小不然的日常，却处处是对普通人最真切的关注。这个地震多发地带的国度，自然资源也很匮乏，所以忧患意识仿佛与生俱来。他们不仅关注当下，也为未来储备：进口煤炭藏之海底；森林覆盖达70%，还进口木材……

关于大阪公园的种种介绍，我也没太往心里去，我更热爱路旁枝叶繁密的樱花树，还有众多的枫树。樱花树下，长条石凳一个接着一个，可以想象赏樱时节，繁花下游人的闲适与春色。当然，渐渐暴涨的游客，一定是打破了赏樱的某个画面，原本静谧的热闹会被喧哗的热闹取代了吧。

黄昏时分的公园有几分空阔，鸽子在闲散地漫步，游客喂食时，会跳起来飞扑到游客的手心争抢，丝毫不担心会受到伤害。也是，这是它们的领地，日日在此据守，陪伴天守阁，我们才是流经的过客。

还要说一下日式料理，不同的食物盛放在颜色、形状相应的器皿中，单看是一种美，整体看也自有协调，这种讲究里能看出他们对于美的极致追求。

每人一张案几，几上的食物种类挺多的：火锅燃着，顶着木盖；白色墨鱼、红色金枪鱼刺身盛在白色的瓷盘中，覆着一层玻璃纸，等你来揭开谜底；肉串搁在长方形的绿色瓷碟里；白米饭自然用红色的碗装着才有食欲；沙拉、蔬菜饼、酱汤、茶、水果一一有匹配的器具，量少，但是精致唯美，使进餐也仿佛艺术享受。服务员鞠躬迎送，微笑安静地小碎步进出，一张几一张几斟茶，又一巡一巡进来收走碗盖。一个团19人用餐，没有一点儿声息，连小孩子也突然文雅起来。看来，环境就是一种教化啊。

京都——一日千年

京都作为一个异域的地名并不陌生，看见它，在三岛由纪夫的《金阁寺》里，在川端康成的《古都》里，又刚读了芥川龙之介的《京都日记》，零碎残余的印象，使京都显得既远又近，以为对它有所知晓，细想仍是一片白雾。文化的隔膜阻碍了具体的想象，然而经由文字却形成了固定的认识——京都，一座古典美的城市。

暮色中，大巴开往京都，已经有些倦意，却不想错过窗外的山岚与沟壑。有时，我觉得坐在车上，目视景物移换消逝，会生出一种漂浮感，浮云空气那样，消融于外物。此时，林间山雾穿行，有了一份披纱挂带的神秘。分明是巴士上的冷气，却疑惑让我手臂微凉的是来自山间的清冽空气。我突然想起《挪威的森林》，渡边坐了穿过森林的火车去看望直子。是了，就是应该穿过这样的一片森林，雾气迷离，美丽的直子朦朦胧胧，爱情也模糊不清。那样的故事，是要发生在这样的环境里的。

导游介绍京都时用了这样的广告词：给你一日，还你千年。都说这座古老的都城是日本人精神的故乡。又说这座都城是模仿我大唐时期洛阳、长安的都城而建。还传说二战期间，美军毁灭性地轰炸日本时，梁思成出于对世界文化遗产的保护，建议不要轰炸京都、奈良两座古城（这一点也许只是传说）。总之，它存在于日本，却与中国的古代、现代牵扯上丝丝缕缕的关系，使我们到此一游有了更充分的理由，更多的期待。

京都寺庙众多，最负盛名的恐怕要数金阁寺和清水寺了。前者因作家的作品而闻名，后者因木质台阶的建筑特色而知名于世。我们的行程里安排的是参观清水寺。

沿着一条小街缓步而上，隐约看见林木苍翠间的清水寺。它建在悬崖之上，由139根木柱支撑，木榫结构，没有一颗铁钉。关于建筑的神奇之处，我们只能赞叹几声。清水舞台在坊间这么有名的缘故还因为有一句俗语"从清水舞台跳下去"，显示出日本人做事的一种决绝。一语成谶，清水舞台也真的成为情侣殉情的跳崖之处。

随着山路，转个弯就有茶室，时间足够，走走停停，喝喝茶是很好的去处。强劲的光线穿不透密布的叶丛,酷暑时节,绿荫覆盖下的小路也是清幽幽的,行走其间,绿色染了一身。我知道,春天,这里是赏樱之地,哪怕晚间,放置在樱树下的灯亮起时,那是真正的火树银花。秋季时,枫树叶片红尽,一丛丛一簇簇堆叠山间,该是怎样盛大的场景呢。霜寒露重,满树红枫,落幕前最后一场华丽演出,又唯美又凄凉,就像日本文化给人的印象。对植物的迷恋让人浮想联翩,已经走在这里,还会觉得:不够,这样是不够的。

到了京都,祇园艺伎街是必然要去的。下车经过一条幽僻的小路,一侧是树木葱茏的公园,一侧是普通日本住户。正午时分,公园里没有人,住户也闭着深幽的门。木门瓦房的小小院落里,通常会伸出一棵盘曲的松,门口挂着住家的姓氏,一些造型可爱的陶瓷狸猫放在门根处,不知是何讲究。这里就是百年前芥川龙之介在京都的迷路之处吗?穿过去就是另一个繁华世界了。祇园艺伎街上,不时看见穿和服的美丽女子,是不是日本女子一眼就能分辨出来。那些租穿和服的外国人,她们神情不那么柔和,她们的头发盘得不那么顺溜,她们拎着时尚的包包,不是和服手袋,她们没有穿木屐……女人看女人只是一扫眼的功夫,但还是会觉得租穿和服的人也蛮可爱的。

如果说京都是长安的缩小版,穿行花见小路,我不由得设想,千年以前,长安街上,也是这样一间连一间,布幔招招的小小酒肆,里面有时进来李白,有时进来高适……胡姬或许没那么温雅柔媚,但歌舞是尽兴的,酒水是能猜拳对饮的。有酒有歌有诗有舞的文艺岁月,就这样被时间远远地卷走了。

处处是飞檐翘角的房屋,古朴与灵动俱在,京都真的是古典的,也是唯美的。我突然想,三岛由纪夫们文字里流淌的唯美气息,应该都不是偶然,都是经由一种熏陶自然留下的印记,或者那根本就无需刻意追求,只是真实地感受,如实地记录后,被我们解读为唯美吧。

京都,我还要再来,不跟团,自己来,慢慢住,慢慢看。然而,那是哪一天呢?我能马上做到的就是,回去后,把那几本看过的书再读一遍,因为现在我知道了这些文字落脚的地点,它们使想象有所依傍。

鹿的桃花源

生命最好的状态就是自由地活着,既无丛林险恶,也不受栅栏围困,且饮食无忧。奈良公园里的鹿就过着这样的日子。

通常是三五只,慢悠悠晃过树丛,离开了自然丛林,它们依然保留着群体行动的习惯,弱小动物总是要抱团才能有安全感吗?有时,它们也会上街逛逛,不过,因为不需要购物,也不吃刺身拉面,所以走走还是会回到出发的那片草地。

自然,这里并不是它们的故乡,是人造的鹿的桃花源,这一千多只幸运的鹿!奈良公园景点众多,游客不断,东大寺、兴福寺、五重塔,走走看看,不论在哪儿，都晃动着梅花的斑点，支伸的鹿角，鹿们已然是奈良的一部分了。花150日元，在摊位买了饼干拆开，旁边的鹿会自然围拢过来，眨着潮乎乎的大眼睛看着你，一块饼干递过去，粉红的舌头轻轻一卷就不见了。

"呦呦鹿鸣，食野之苹。"想来鹿应该是会叫的，曹孟德说，是发出"呦呦"之声。只是，它们看上去那么安静，似乎从不发言，或者即便能说，也尽量不说。安静予人好感，也许很多时候，安静的陪伴就是最好的陪伴，使你跟对方在一起的同时，也跟自己在一起。这是不是人们喜爱鹿的一个原因呢？因为爱它，让它拉着圣诞老人乘坐的雪橇，在孩子们睡梦中送去礼物；因为爱它，让天神骑它来到人间，成为神的使者……种种神话其实是说，不是我们爱它，是它在爱我们。

有一道心理测试题：一片青草地上有一只动物，你猜可能是什么……问题是演进式的，接下来的一题是：还是一片青草地，又出现了一只动物，你认为是什么……据此判断测试者答案中影射的内在特质。这两个动物，前者影射自己的性格，后者是自己希望的伴侣性格。题目还有很多，无涉这个话题就不扯远了。关于动物的性格，这一说法细想也是不通的，动物的性格是有种类的同一性吗？同一种类的动物性格没有个体差异吗？我们对某种动物形成的总体印象来自哪里呢？外形？生活习性？故事传说？很难说清，但就是有那么一个大家都心照不宣的印象。比如鹿，提及它，我能联想的性格词汇有这些：温顺、善良、安静，还有，它长得玲珑俏皮，能得我心。说这么多，只是因为，在那片草地上，第一次、第二次我都选择了鹿。答案揭晓的时候，我总觉得十分遗憾，第二次我还要遇见鹿啊，那也太不强大了！但也许潜意识比我更了解自己。

夕阳下，两只鹿闲卧池塘边，我走近前去，招呼，挥手，它们定定地卧着，不回应，也不拒绝。有一只断角的鹿转头看我，眼神里有天然的忧伤与深情。那个写"落花人独立，微雨燕双飞"的晏几道，我想，应该是这样的眼睛。尽管生活是这么恰切适意，因为多情，还是会自生忧伤。忧伤的灵魂似乎更高贵，有着对一切生命的悲悯。我看着它，都觉着它对我有一丝丝的同情了。

想一想，写一写：

1. 这篇游记中涉及的信息量较为丰富，读完后，请说一说你印象深刻的有哪些。

2. 作者从哪些方面介绍了京都这个城市，你觉得介绍一个地方，可以从中学习什么样的写法？

3. 介绍一下你的家乡吧，注意选好角度，用上你从文中总结的写法。

遥远的塔尔寺

去塔尔寺的这一天天气好得出奇，高原上的晴朗是透明的，天蓝得像静止的湖水，极目处是清晰明确的山峦。天地之间的距离似乎拉得更开了，又好像是离得更近了，行走在这样的空阔天地里又爱又怕，爱这没有杂质的明澈，怕没有任何阻挡的紫外线。

从停车场往外走，手鼓明确的节奏和着音乐把目光拉过去，就在小街旁边，一个穿着藏族服饰的小伙儿旁若无人地敲打着，表情和身体都化在音乐里，看着他，我头脑里出现音乐浪人之类的联想，这点联想使我们脱离熟悉的平实日子，生出一点陌生感。所谓行走，不就是期望在对土地的丈量中发现陌生吗？有所耳闻的陌生，从未见过的陌生。

资料上介绍，塔尔寺是青海省和中国西北地区的佛教中心与黄教的圣地，主要建筑依山傍塬，分布于莲花山的一沟两面坡上，有大金瓦寺、大经堂、弥勒殿、九间殿、花寺、小金瓦寺、居巴扎仓、丁科扎仓、曼巴扎仓、大拉浪、大厨房、如意宝塔等9300余间，组成一庞大的藏汉结合的建筑群，占地面积45万平方米。

我对数据不敏感，对名称不了解，对藏传佛教不知情，但是，当一大片白墙红墙相间，碧瓦黄瓦耀眼的建筑群出现在蓝天之下时，仅仅视觉冲击就使人慨叹不已了。关于它，还有众所周知的特点：藏传佛教格鲁派创始人宗喀巴的诞生地，艺术三绝为酥油花、堆绣、壁画。

是了，酥油花，我熟悉友人写下的那句歌词：安多，我要走青藏，看那塔尔寺酥油花祈祷安康……在吻合的地点，旋律与歌词重叠一起萦绕不去，哼着哼着，塔尔寺在心里由神圣变得亲切起来，似乎抵达它也就接近了幸福。

正值旅游旺季，寺内人头攒动，尤其是一间一间的殿内，塑像、壁画、各种造型精巧的器皿有着无穷无尽的故事和来历，狭窄的通道里，男女导游不止息地解说，游客在聆听中谦恭起来，不自觉地合十弯腰，仿佛那些表情或威严或慈悲或凌厉的法相，一瞬间有了无边法力的加持。队伍慢慢挪动，像缓慢沉浊的水流，所有的人都在流中，一切来不及分辨细看，便被挟裹了去。我在人流中眼花缭乱，只能感觉塔尔寺的异样、陌生、艳丽和神秘，根本不知道自己一间一间走进的是什么殿。

每间殿前都有叩拜的人，他们五体投地，一次一次又一次地扑倒下去，有人在问他们的导游：他们要拜多少下？导游说不确定，有时一个上午就这样拜佛。不知道时光和信念在他们那里究竟是什么，现世和未来是否只是平行的宇宙。面对虔诚，连猜测都有了一种不敬。有时，会羡慕那些方向明确的人，羡慕那些坚信的人，他们不用选择也无需犹疑，未经漂浮便已然落定，他们在小小角落里接近心中的光明，不被任何风蛊惑。

相对于拥挤、流动的人群，殿内的僧侣宁静安详。隔着一道小小的栅栏，有僧人沉着整理殿里的事务，也有僧人在大殿跪垫上持诵念经，他们在各自的日常里。殿外烈日灼人，殿内人潮涌动，风一直吹动，他们平静的面容显示出一种定力，使温度适宜，光线柔和，声音消寂。那些红色的袍子、黄色的脸膛与殿里迷离闪烁的油灯，与一些分辨不清的气味，与那些从高处垂下的幡旗完全融合，时间在这里似乎停滞不前，有了永恒的意味。

我还惦记着看那酥油花祈祷安康，问一个正在整理经书的僧侣酥油花在哪里，他说在后面的酥油花殿里。我不知道后面是哪一面，这么多殿，这么多人，眼看着到了与司机约定的时间，我只确定这次是见不着酥油花了。来的时候并不知道是为此而来，但是没有看见时就觉得深深遗憾，也许心愿难了是时机未成啊。不甘之时，又会默默找一条借口与自己和解，我们总是这样貌似通达地放弃。

电话催我们该离开了，在寺内转悠的这两个小时，我好像看见了很多，却又感觉从未接近。是的，塔尔寺，它不仅仅是一座寺庙，更是一个符号，代表着一种文化，一种生活，一种不一样的文明。作为游客，我们只不过是随着风向飘过它门前的一片树叶。我们随风而来，然后随风离开，塔尔寺在我们心中重回神秘和神圣，它一如既往的遥远，或者，更加遥远。

想一想，写一写：

1. 旅游总是为着见识不一样的风景，读本篇游记，你从中读到了哪些不一样？

2. 文章最后，作者写道："塔尔寺在我们心中重回神秘和神圣，它一如既往的遥远，或者，更加遥远。"作者为什么这么说，请谈谈你的看法。

即兴的雨点

一

雨来得那么快那么急，它们是暗沉云朵包裹的子弹，看心情决定哪一刻落下来。它来时我们还在公园里悠悠地走，这一季充足的雨水使植物格外阴柔，饱满多汁，又摇曳生姿。路径很快湿透了，空气里多了一种气味，我说泥土的气味。李敏说是，乡下的早晨，空气里都是泥土的气味。关于气味的记忆会被一句话唤醒，泥土的气味有腥甜的芬芳，像一个孕妇，它在深处孕育着不知名的花香。我们不约而同地纠正：这是灰尘的气味。她又补充：有一种霉味。

敏感纤细的神经有无处不在的触手，总想在精微处辨认真实，连灰尘的气味也不放过，自然也从不放过辨认自己。

越来越密集，越来越大颗的雨点砸下来，我一手举伞，一手提抓着长裙，肩上挎着包，踩着一滑一滑的高跟鞋，手忙脚乱。有人提着鞋子赤脚跑过，有一种拎不清的天真，或者，她们也这样看我们吧。走到街面上，什么树落下的细碎花朵，被雨点溅黑后又溅落到脚面上、鞋子上、腿上，李敏说我们得找个地方避雨，我说，还要冲脚。

过马路就是蓝鸟咖啡厅。

二

　　窗户外与视线对接的都是树叶，闪着光泽的翠绿。咖啡来了，布丁来了，冰淇淋来了，又似乎它们从没来过。我们从语言的外壳上沉下去，如同潜在水底时会向往触摸珊瑚、发光的鱼，我们沉在语言的海里，也想看见掩蔽在生活表面的未知。

　　人对自己的认识都是有限的，心里以为的那个自己和别人眼中的自己有时有很远的距离，而我们一遍遍探测，是想描画一个自我的真实样貌，还是想重塑一个理想中的样貌呢？这些以自己或者他人为样本的探测究竟又有什么意义呢？凡事一问意义就虚无了。

　　而这个白天有实实在在的重量，沉闷的气氛，无意义的重复，它们使我在开会时摘录了很多黎紫书的句子，跟随抄写可以抽离身处的环境。

　　她说：如果时间自成世界，也许在它的地图里，也会有像死海那样的境地，幻境般存于国与国之间的一个大裂谷中。

　　她说：你不知道是生命在时间上航行，抑或是时间的航道建在生命里了。

　　……

　　她说的是自我感知的时差，处处是诸如此类的妙句，打通了各种感觉的通路，路路相通的连接有不可言说的美妙。有时，我会沉醉在这样的语言里，它们指向清晰，但面目模糊，用词句辟出一个曲径通幽的花园，华美柔软的花朵有着金丝绒的质地。

　　当我观察自己的喜欢时，我看见自己不仅仅热爱事物本质的美好，同时也深爱它以美好的形式出现，内外合一的美才能建立一种致幻的效果。这是跟随生命一同到来的特质，不容拒绝。这个实实在在的下午，跟着黎紫书的文字我彻底逃离了会场和声音，在纸上铺呈她的空灵。

　　也许，虚无中才可以接近内心的真实，对于某一类人，它就是意义。

三

　　剥离现实的时候，会看见改变、消退以及我们曾经没有觉察的另一面。我问李敏："有哪些看起来比较聪明的人，生活也理得很顺的？"她从朋友圈里罗列数人，结论是：所求越少的人，过得都挺好的。

　　说到底，那些自觉的种种不如意都源自对美好的一种臆想，在更换了时空背景的舞台上，还在惦念缘起的一幕，她们跟不上时间的节奏，跟不上生命的流程。她们说着一套一套虚飘飘的理论，自觉过滤了不愿看见的残破，像是从水里升起的活动舞台，她们升起心目中的幻象，一叶障目。她们就这样一直在原地旋转旋转，仿佛保持初心，其实未经成长，她们才是很傻很天真啊。但是，她们却是可贵的，因为心有期待。

李敏说画水彩时落笔不知道颜色会是怎样晕染开去,不能形成清晰的边界,带有强烈的不确定性,但是仍有一个模糊的轮廓,这个轮廓使每一幅水彩都是独一无二的。

我们都是独一无二的水彩。

四

从蓝鸟咖啡厅出来时,雨停了,暴雨过后的城市有一种清新的气息,房屋、汽车、人群,清洗之后都有了新鲜气儿。

路过花店,买了一束康乃馨,选了温暖的橙黄色,不事张扬的花朵有一种恒定持久的美,她们像邻家女孩一般的朴素、羞涩和别致。我握着花束走在城市越来越暗的黄昏里,夜色渐渐升起。

一天,在最忙乱的姿态和最闲适的心境下流走了。

 想一想,写一写:

> 或许这样的文字只是意识的流动,它说的只有与之同频的读者才能感同身受。但是,你可以去触摸文字的质地,它们似乎无限地接近内心,如果你愿意,你也可以这样记录你的内心之海。

人情篇

露水打湿了衣衫

远远地同情地看着

我不知道他的全名，家里的人叫他"隔壁的钢"，这么想来应该他的大名是叫什么钢了。

我们在家门口活动时，隔壁的钢就会跌跌撞撞地冲过来，他身体的不协调就像他的智力一样，不稳定，随时都可能摔跤，奇怪的是总没摔倒。这种颠簸的奔跑里似乎还混合着摇摇欲坠的口水，偶尔噗出的鼻泡。他冲过来了，如果我们在写作业，他就把我们的本子摸一下，呵呵傻笑着跑开，本子似乎瞬间变黑，充满口水味，只想不要了。烦恼之中他又转回来再摸一下，在一声声呵斥里他笑得更欢了。如果我们在"跳房子"，他会瞅准时机把我们的石块拿走，看我们着急或者生气又丢还回来，再拿再丢，其乐无穷。是的，他就是来看我们生气或者着急的，妹妹跟他同岁，总是气得大叫。而我一直记得祖父说的话："别理他！千万别理他！一理，他比过年还要高兴；不理他，他没意思了就会自己走开。"所以我忍耐着，等待着，我知道石沉海底的寂静会让他自己走开的。

但是，我总觉得这其中还有异样的东西，我看着他时，没有妹妹的愤怒，也没有祖父的嫌弃，我看着他，有丝绸一样柔软的物质从心里流过。

他被院子里的一群小孩逗弄，透过窗户，我看见一个大男孩对他说："你把弹弓拿反了，应该这样，柄在内，皮筋向外拉，对了对了，对准自己的眼睛，使劲再使劲，好，放！"弹弓里包裹的石头准确无误地打在他的眼睛上，我跟着剧痛了一下。他哭了，那群男孩哄笑着跑开……

这时，我又感觉到那种柔软，心一阵微酸。

很多年后，我还是不习惯随便说出"同情"这个词语。在我们惯常的表述里，"同情"是以俯视的姿态站在高处的观望，它掺杂着一丝施与的意味，隐匿着一点潜藏的优越感，缺失了一份对当事者的尊重。我不愿意这样对人。可是当我再一次想起童年印象里那个叫"隔壁的钢"的小男孩时，我能够确认这种姿态，是的，那就是同情，不是其他。为着自己比一个智障的孩子多出的一点自知和自尊，我远远地同情地看着。

> 想一想，写一写：
>
> 1."隔壁的钢"是一个怎样的孩子？你从哪里看出来的？
>
> 2.你见过特殊的人吗？对于这样的人，你认为怎样对待他们才是合适的？

露水打湿了衣衫

一

老屋向西，傍晚时分，我常常看见金色的世界。对着大门的池塘里，水是金色的，池塘边的树也闪着金色的光芒，紫色的木槿花撒着一层金粉，亮闪闪的。站在大门口就能看清遥远的白兆山，太阳正挂在山顶那棵银杏树的枝梢上，西边像是着了火，天被烧破了。

走下青石板的台阶，是一条铺着细沙的路，两边对称或者不对称栽了一些果树。桃树、李树或许各有几棵吧。桑树有三棵，它们不可思议的粗壮，两棵门神似的对立着，还有一棵歪在墙沿处，目光顺着疙疙瘩瘩的树皮爬上去，看到浓密的枝叶覆盖了整个厢房的屋瓦，难怪二姑姑的房间那么清凉。

梨树靠近池塘，已经挂果了，果实还小，粉嘟嘟的。村里的小孩爬上去摘，我站在门口朝里喊："婆婆，有人摘梨子。"祖母手持一根竹竿踮着小脚颤巍巍地出来了，孩子们一哄而散，边跑边唱："老婆婆，踮着个脚，火车来了跑不脱。"竟然这么好听，我也会了，默念它时我脑中浮出可怕的画面，所以我知道不可以念的。于是这儿歌像片叶子在我脑中旋啊旋，总也落不到地面去。

等到这些果树上果子真的成熟，祖母用竹竿打下来裹在衣兜里，送到北边那一长排的人家去。董妈妈家、老伯伯家、新家、刚家……有孩子的都会拿几个果子去，嘴里说着客气的话。

推开后门就是竹林，几棵大杨树间杂其中，总是有风，鸟雀在风里唱歌。

祖母会在某一天里说："今天听到喜鹊叫，准是放暑假了，你大姑姑要带雁雁姐姐回来跟你玩。"下午，老屋侧边的小路上响起了大姑姑的亮嗓门，他们真的回来了。

这下我有了玩伴，跟表姐半年不见，我们坐在门前叽叽咕咕。表姐有很多事要告诉我，她说："我给你带了很多《儿童画报》。"她说："我妈妈给我们买了一模一样的裙子。"她说："我教你唱《金色的太阳放光芒》。"她指着梨树问："它真的会结梨子吗？"我忽然有了很多新鲜的期待，便是这些日日见面的旧有事物也变出新活力来。二姑姑指着我们笑："哟，你们看，两个小孩儿一见面哪儿来那么多话讲的。"

我知道家里又要热闹一阵子了，心里特别快乐。

二

老屋算是独屋，没有邻舍，没有人带我去别人家玩，也很少有人来我家。暑假过完，姑姑一家人都回去了，我也就没有了玩伴。偶尔一群小孩在我家门前跳房子，或者牵了手排成两排破城门，我都高兴得像过节，好像自己终于汇入一条河流。大一点的孩子会喊我："安安，你也进来啊！"他们很照顾我，把我安排在两个力气大的孩子中间，我紧张地抓住他们的手，生怕对方冲过我这里来撞开，又生怕对方不冲过这里来。

大家呼呼哈哈冲杀得正起劲呢，突然，祖父会出来说："建华，你家是不是喊你吃饭了？"建华说："没有啊。"祖父坚持说："喊了，你没听到。"建华要回家吃饭了，其他孩子也就都饿了散了。如果不是祖父，二姑姑也会出来笑笑地说："我来选个队长把大家都带走吧，就选新，看新有没有这个本事。"新昂着头，一挥手："走！"一群孩子屁颠屁颠跟在他后面逶迤而去，二姑姑的声音跟了过去："新真了不起呀！"我一个人眼巴巴地看见人群远去，热闹远去，快乐远去……

只有"王瞎子"有时带她的孙女小玲来我家跟祖母说话。她有些佝偻，但收拾得整整齐齐，头发一丝不乱顺到脑后挽个髻，手上总是捏着条绢子，不时地擦一下眼睛。他们说她是地主婆，我奇怪的是为什么要叫她瞎子，她分明看得见人的，难道是擦一下眼睛就看见了吗？她看我时眯缝着眼瞧半天，再拿起绢子擦两下，说："这是安安吧，来跟我的小玲玩。"我和小玲在天井里扮家家，切菜、炒菜，突然我看见她的破裆裤后面拖着一根线，我指给她奶奶看，她的瞎子奶奶捏住这根线往外拽，结果拉出一条长长的蛔虫。我再也不要跟小玲玩了，我怕蛔虫。

董妈妈家有二姐，她大我几岁，二姐如果来带我，我是可以跟出去玩一会儿的，他们说二姐最好。二姐很温柔，会讲故事，她带着我在村子里绕，捉了金龟子拿线系了脚给我，我扯着线一抖，金龟子就"扑扑扑"地飞起来，金绿色的翅膀展开,我看见一对暗藏的透明膜翅。为了看清它的样貌,我重复地抖动,金龟子不能停歇,这放大的好奇心无意成了对金龟子残酷的处罚。

挽救金龟子的是一只唱歌的知了,我和二姐都看见它了,就在后院大杨树的树干上。二姐咬着嘴唇爬上大杨树,我在树下看她轻轻巧巧地一点一点往上蹭,靠近知了了,她缓缓伸出手,不带风不带声,突然猛力一钳,知了就夹在她的手指之中。我太高兴了,我一高兴就随口学唱刚在村子里听到的儿歌,才念了一句,二姐在树上朝我大吼一声:"别唱,丑!待会儿告诉你妈妈!"我从没见过二姐这样的神情,我不知道自己唱的是什么坏歌,一时又羞又臊又害怕,眼泪拼命想往外流,我拼命忍住。

想到二姐以后再也不会喜欢我了,想到她会告诉我妈这么坏的事情,想到以后我可能再也不能出来玩了,我非常绝望。

知了在二姐手中叫得凄厉,我听得懂它的哭泣。

三

夏天,老屋侧边的沟渠里水流动起来,一眼老井在突突突地抽水。天旱,清澈冰冷的水从地下抽上来,一条黑色的橡胶管把它们吐在沟渠里,顺着这条沟渠它们一路走一路分支,要流到远处和更远处的农田去。

日子里生发一点小小的变化都会变得像过节,又新奇又隆重。我在井边盯着水管出水,明明吐出时看见白色的泡沫,瞬间怎么就变透明了呢?祖母洗好衣服了。祖母洗好菜了。我还紧盯不放,生怕眨眼时没有看见水的魔法。祖母看我没有离开的意思,叮嘱我不可以走远,玩一会儿自己回家。

沟渠里,青草和野花顺着水流躺下去,水摇着它们轻轻地晃啊晃。春天的时候,我无数次地蹲在这些细小的花朵旁,在它们的小脸上,我发现了一个微缩的美妙世界。这些米粒大小的花朵呈现着繁复渐变的色彩,它们也有对称的花瓣,也有妖娆的花蕊,像纤细的字体,虽然那么小,写下的也是鼓胀的春天。

我常常整个下午蹲在沟渠旁,一朵一朵地比对深研,游荡在这个广阔奇妙的小世界,我发现了神无处不在的踪迹。神爱这世上所有的事物,他给风一件隐身衣,他给树高大的身姿,他给小草精致的花朵……这真是一个天大的秘密,没有人知道这个秘密,也没有人知道我的快乐。此时,这个小世界在水的摇篮里睡着了。

井水一抽就是几天,突突突的声音响起来,我就在家坐不住了。下午,井边通常没有人,我拎着抽水筒在井边玩,吸水、喷射、吸水、喷射,一遍一遍,乐此不疲。这真是个神奇的玩具,水是怎么来去的,我根本想不清楚。我把它浸在水里,抽动尾部的活塞,它在我手中渐渐变沉,我拿出来使劲推动活塞,水喷到对面的菜叶上,菜叶摇晃几下,站直等待新的射击。以前跟表姐一起玩这个抽水筒时，总是轮流比赛看谁射得远，每次都等不及轮到，更等不及思考。这会儿，我可以一个人尽情地跟自己比赛了。能再喷远一点吗？因为怀了这样的期待，我变着花样试探，吸水久一点，用力大一点，推得快一点……游戏无穷无尽地玩下去，一个下午重复的动作中流逝。或许我找到了答案，或许我找到了感觉，但总不得要领，这种模糊让我的思考无法靠岸，口水都快流出来了。我使劲咽下满嘴口水，好像咽下了所有的迷惑。如同游荡小野花的世界，此时，也一样没有人在我无聊的重复里看出我的迷惑和我的快乐。

屋后的厨房里飘起了炊烟，很快，祖母该清点我了，我乖乖地收起抽水筒回家去。

四

五岁，我上幼红班了，幼红班里老是排节目，我背诵"久有凌云志，重上井冈山"，背诵"一根藤牵我家，藤上开朵喇叭花，毛主席讲话天天听……"大概背得很有模样，老师们都笑了，说："好听！奶声奶气的，下回演节目，你就上台表演！"

可是表演的前一天我发烧了，祖父祖母自然不让我去，我一直哭一直哭，后来他们没办法，叫了村里的平安抱我去学校。台下很多人，老师给我化装，扎上水红绸子，我抽抽搭搭的，老师说再哭脸上就打不了胭脂，我这才忍住抽泣。我终于红彤彤地上台了，大声起背："久有凌云志，重上井冈山。千里来寻故地，旧貌变新颜……世上无难事，只要肯登攀。"我并不知道念的句子是什么意思，仿佛是有人要去登山。掌声响起来，台下很多人感叹："这么小的孩子能背这么长的诗啊，口齿还这么清楚，不错不错！"虚荣把我的委屈彻底治好了。

席妈妈、王阿姨都是下放到这所小学教书的，她们跟祖父跟姑姑很熟，从前在城里是老街坊。大约因为这个缘故，她们待我很不一般，见我就会搂着亲，还要牵着手转一圈，通常这一转手臂就脱臼了。我很疼，大家紧紧张张地带我去有旺哥哥那里。有旺哥哥是赤脚医生，他比我父亲年龄还大呢，可是我该叫他哥哥。他一手拿起我脱臼的胳膊，一手按我的肩膀，轻轻地问疼不疼。我打着哭腔才说一个疼字，他手上突然一使力，胳膊处嘎吱一下，我好了。可他还在轻轻地问疼不疼，我轻松地说不疼了。他可真神啊！

我在幼红班上课，王阿姨走到门口指指我，老师叫我出去一下。王阿姨也不说什么，牵着我到她宿舍，端一碗刚炸好的瘦肉递给我，说："快吃。"白色的瓷碗里，肉香添着我的鼻子，我还在扭捏。王阿姨说吃了才喜欢你，不然告诉你姑姑去。我吃好了，王阿姨又牵着我送回教室。

教室里，老师拿着故事书正在讲一个故事，几个孩子围坐一圈。这个老师是我的小姑姑,她讲:有几个少先队员放学回家时路过刘家,听见刘家的小孩在哭,于是他们就躲在院墙外偷听。刘家的奶奶压低声音骂小孩:"窝窝头不吃,谁叫你不早些托生的?早生几年白馒头都任你丢。"几个少先队员听到这里连忙跑去把这话报告给了队长。后来通过人民群众的调查,终于查明刘家奶奶是一个隐藏在人民群众中的地主婆。

故事书里有两幅插图让我不舒服,一幅是少先队员在墙根下偷听,贼头贼脑的样子,我觉得他们看起来更像坏人;再一幅就是最后一页,刘家奶奶带上高高的尖帽子游行,人民群众朝她挥舞拳头,我觉得人民群众太坏了。别的小朋友跟着人民群众一起高兴地斗地主,我突然大声地说:"偷听别人的说话是不礼貌的!"我确认没有人这告诉过我这样的道理,但是我为此十分愤怒。我的老师,也就是我的小姑姑,万分惊异地抬眼看我,我能感觉她眼里有一丝按压的惊喜。

五

不知道为什么那天幼红班不用上课,我只好背着书包回家。走过红红家门前时,我看见那块圆圆的磨刀石了,它就躺在红红家的大门口,那么平,那么圆,里面还有一个同样圆的小孔。我一下喜欢上它了。我把它拿起来,沉甸甸的,冰凉、细腻,一块多么奇怪的石头啊。

四周没有一个人,我突然很想拥有它,把它拿回家去,可是家里如果知道我偷拿别人的东西那该怎样地天翻地覆啊。我小心地放下了,走了几步不甘心,回头去又悄悄放进书包,如此反复不下三次。我真希望那一刻有人经过这里,可以让我打消这个疯狂的念头,哪怕是我正拿在手中时来个人也好,我可以假装是在欣赏然后轻轻放下。但是很奇怪,那天早上,我在乱石堆旁站了那么那么久,就是没有一个人路过。终于,我想好了所有的应对之策。

我想我不能把它藏着,只有见不得人的东西才会藏着,我要把它放在人来人往的天井边,家里大人问起,我就说是乱石堆里拣来的(看来在我眼中,它也就是乱石一块而已,只不过好看一点)。如果外人问,就说是妈妈拣回来的(我还想到了外人,周全过头了)。想好了这些,我的脸已经烫得快要着火了。从这里走回家还要经过一条小路,一口水井,我告诉自己不能跑,也不能太慢,要像平常一样走,还要额外地哼哼着歌。虽然一路上阒寂无人,我就这样沉着地忍着怦怦乱跳的心走回了家。

并没有人十分留意,过了几天妈妈才看到它。她的确奇怪地问:"咦,这是谁买的?"我不动声色地抢答:"是我在乱石堆里拣的。"大概很合情理,妈妈竟然没觉得奇怪。

五岁这年,我体验到不动声色的成功,可是并不轻松,它消耗能量并且留下阴影。几年以后，直到我能确认自己不会拿别人的东西时，我才主动坦白自己曾经偷拿了红红家的磨刀石。我说出来，准备承受迟来的责骂和教训，或许在孩子的心中，需要一场对应的惩罚才能消解阴影，可是大人们谁也不记得有过那样的一块磨刀石了。

六

清晨第一件事就是听祖父唱神歌。大门口，祖父手中的扇子左右扇着，炉子上方青烟滚滚，炉门对着风口，一股长烟顺风而去，缥缈得很。我闯进烟雾里，闻一下呛人的气味，被祖父喊了出来。炉里火苗渐渐窜出，可能生炉子太无聊了吧，必得辅佐点儿有意思的调料，才能持续地把扇子摇下去摇下去，唱神歌就是祖父永远的调料。我听不懂他的念念有词，只看他双目微闭，隔离眼前的世界，仿佛进入另外的时空，他唱念着唱念着，头也随之晃动，脸上有了自得，有了陶醉。有时我问："爹爹，你唱的是什么？"他说："你还小，不懂哦。我现在才知道古人的文章写得有多好。"

多听一会儿我也不觉得有兴致了，准备进屋去，祖父叫住我："来来来，我的乖孙女，我教你背一首诗，看你几遍能学会。"我喜欢他这样叫我，我也喜欢一遍背会让他惊叹，所以蹭在他身边跟着他念"白日依山尽"。有时，他拿手中的扇子在地上画字，我也愿意跟着认读"上大人，丘乙己，七十士，化三千"。祖父教我时，总是一副喜不自胜的样子，管我说什么，他都一阵长赞。我根本无所谓认的是什么字，背的是什么诗，只是受用他的夸奖："哎呀，我的孙女太聪明了！"

祖父是我童年的魔法师，凡我想要的，他都可以变出来。东英姐说："你要天上的星斗，你爹爹也会搭梯子摘给你的。"我想了一下，怎么搭？梯子靠在哪儿呢？有那么长的梯子吗？尽瞎说。

我不要星星月亮，我只要听故事！祖父说："好，你如果吃完这碗饭，我就给你讲个高级的故事，吃不完就只讲个普通故事。"他的高级故事里是秦穆公、楚庄公们，他讲述他们时一人分饰几角，语气一转就换了一个人物。他讲冯谖客孟尝君，先起唱一句古文，"齐人有冯谖者，贫乏不能自存"，怪腔怪调十分好笑，仿佛在时间的另一头。接着开始绘声绘色的白话演绎，故事一下子来到了身边。他说孟尝君门客三千时，眼睛瞪着，自觉不可思议。讲冯谖几次弹铗而歌，自己也孟尝君似的笑起来。及至后面的曲折，连父母也听进去了，手上做着的事情都慢了下来，祖母在一旁比我还急："那后来呢？"他就这样把我们都带进那忽远忽近的故事中。堂屋里灯光昏昏，古今不分。我不记得那时的冬天冷不冷，似乎都是温暖的。

当然，也有讲普通故事的时候，开头永远是这句：从前有个小孩儿。这个从前的小孩儿总是有各种问题，仿佛我们，他编着编着，小孩儿的毛病就改好了。有时，他的故事节奏缓慢，小孩还在自己的错误中吃亏，我已经等不及了，像祖母一样，会追问一句："那后来呢？""后来他改正了，一切就变好了。"我终于松了一口气，感觉自己也是有希望的。

作为魔法师是要什么都会的。我看了电影《闪闪红星》回来吵他："爹爹，给我唱歌，唱小小竹排。"装秦穆公的脑袋里也要装闪闪红星，但是他说这个不会唱。"不行，我就是要听！""好好好，要唱竹排是吧？那个……小小竹排一大堆，竹排上面尽是灰，抹也抹不掉，扫也扫不光，这堆竹排呀真是脏。"他坐在椅子上编将起来，我揪着他的山羊胡不依不饶："不是这个竹排！"他也只是笑着，说吃完饭再唱吧。

他催我吃饭总是这句："快点吃，吃了长聪明！"不像祖母的催促："快点吃，吃了长高长胖！"他们的喂养有不同的方向，恰好养成了一个完整的我。

我一直以为世上所有的人都有这样的祖父祖母，落生下来，人世有光，暖暖的，地久天长地存在。

虽然他们的人生充满破碎，可是，他们却用破碎筑成了一个圆满的闭环。

七

那是一个奇特的黄昏，几乎整个村子的人都涌进了我家，堂屋、厢房、天井，连大门口都站满了窃窃私语的人，人们脸上有一种夸张的端凝。孩子们在人群里钻，动静太大的时候，就有人压低了声音呵斥他们。

二姑姑的缝纫机哒哒哒哒一刻没停，我能看出来，二姑姑此时是极为重要的人。从前，并没有人有理由进入她的房间，她平常放学回来多是房门一关，到了周末就去城里见自己的同学。她生活在这里，却从不属于这里。我知道她也没有汇入这条河流，像井边那条沟渠，只是临时起意才形成了一条偶然流过的小溪。

这会儿，因为二姑姑会缝纫，大家名正言顺地围在她身边。二姑姑埋头整理着机面上的黑色布料，她抿紧上唇，盯着针头的眼睛亮而有神，手上滑轮一转，脚下踩动踏板，缝纫针匀速地扎过布面。一个黑色的袖章缝成后，旁边等着的人立马接过来往外传，外面就有一个人接住套在胳膊上了。

天井边的走廊上架起一块门板，几个女人围坐在那儿折白色的纸花。小白花从她们翻飞的手指中一朵一朵落下来，然后一朵一朵飞到人们的胸前去，它们使人变了样。老伯伯、有红哥这些粗粝的大男人们好像变得温和了，东英姐也一改高声说话的习惯，魔力小白花使她安静不少。

忙忙乱乱中，男女老少很快就套上了一样的黑袖章，戴上了一样的小白花，村子里的人似乎被装扮一新，像落雪后的大地，一切都不是原样了，一切又还是原样。广播中循环播放的哀乐十分沉闷，听着像是一声赶一声的抽泣，很衬这气氛。突然，董妈妈大声地哭嚎："毛主席呀——"这个呀字拖得真长，哀婉沉痛，让人凄惶，所有人跟着她嘤嘤地哭起来……

这一天没有人管我，我这里走走，那里看看，只觉得家中人真多，看起来真好，大家一起哭着，又团结又善良又亲切。

无疑，那是1976年的秋天，天下大事，我游离在热闹中，看着一场一场热闹的戏。

八

六岁那年，我上学了，领了课本回来，发现每个字都认识，但是"语文"我说不清楚。妈妈指着课本，一遍一遍地教。她说语文，我说五文。她说语文，我说雨人……很多遍，我终于能说准确了。那时的妈妈真温柔啊，风也是，从后门吹进来染着翠竹的绿意。

六岁那年，来了个书记，他掀起一场新的运动，建设社会主义新农村。老屋拆除。那些树木和竹林去了哪儿呢？记忆中搜不到它们的去向。我只记得在瓦砾中寻找的快乐，一些稀奇古怪的小玩意不经意地冒出来：一把澄亮的铜锁、散落的铜钱、彩色的玻璃弹珠……对于我来说，从废墟中发现一个真实的物品就是发现一个奇迹，我喜欢奇迹，根本不会为失去而忧伤，也根本不知道失去了什么。

只是，我一直奇怪，这些久远的场景为什么从未消淡？它们绝不是作为乡村的记忆而存在，因为它们如此狭小、封闭，并不能承载乡村的特质。我想，它们与我同在应该有更深切的缘故。

一遍遍的回溯中，我看见弥漫其中的其实是生命早期的领悟，也是一个家族在时代变迁中的一个波浪。它们嵌在我的骨头里，跟我一起疼痛，一起欢欣，一起成长，仿佛前世不容拒绝的馈赠。如果词语能够说出它们，我想它们是爱和美，是真和善，是疏离和寂静，是孤独和丰盛。

它们是晨光里的露水，打湿了我的衣衫。

想一想，写一写：

1. 这篇散文较长，写了久远的童年印象，你从中读出了什么？请结合具体的内容说一说你的感受。

2. 文章最后，作者为什么这样结尾？说说你的理解。

小 姑

一

乘4路车到后湖下，再走一段不近不远的路程就可以到了。天太热或太冷时，我打车过去，太早或太晚时，我也打车过去。途中会路过一片阴森森的林子，里面是烈士陵园，清明时学生被组织来扫墓会热闹一下，平时异常寂静，除了几声鸟叫。如果碰巧不是太冷太热太早太晚，我会壮着胆子走过去，因为从这里到小姑家，一路其实风景很好的。半干的后湖一半儿做了儿童游乐场，另一半儿还勉强保持着湖的风韵，从荷叶露出尖尖小角，到芙蓉出水亭亭玉立，到"独脚鬼戴逍遥巾"，到最后折梗披霜颓然欲倾，我都是一路看着它们走过去。然后是医院，在医院工作多年，对福尔马林的气味失去了感知，但是离开后它又重新刺激嗅觉，院墙外僻静的马路上，它漂浮在香椿树密密层层的枝叶间，无需分辨，它自会一缕缕漏下来渗入身体，带着久违的亲切还有欢欣。然后突然热闹了，大学门口通常呈现的景象，音像店、书店、花店、小超市、小饭馆、卖水果的、的士……挤了一巷子，这就到了。但是还得往里走，进校门一直往里，走得没什么人声了，网球场左拐下去，丛丛疏竹，高大的白玉兰，不高大的栀子花和桂花间，立着一栋栋楼。暗香浮动的林木使楼房多了阴秀，它们文静不语地矜持着，阳台们像响应号召似的都封起来了，有一个没响应的裸露着红漆栏杆，那就是小姑的家了。

渐渐熟悉这条路是我在孝感工作的时候，每逢周三、周六我都会对领导说："今晚我要回家，请不要安排我值班。"然后复习一遍这条路线。是的，我总是把回家说得那么自然。

周三、周六的晚餐小姑会做得很特别，因为偏爱素食，小姑研究出了苹果饼的做法，把苹果蒸熟，削肉捣成泥，加面粉搅拌后做成饼，外面再敷上一层研碎的爆米花，放入油锅炸成焦黄，起锅沥干油后，吃起来外面香脆里面甜软。她还会把荸荠剁碎拌进肉末，这样做成的肉丸就多了水果的清香，或炸或煮都不会感觉油腻了。这么说好像小姑是一个对食物倾注足够热情的人，事实上并不，一场重病之后，她的肠胃只能接受稀饭一类的流体食物，她如此不嫌麻烦地倒腾只是替别人的肠胃着想，自然，我也属于这别人里的一个。往往对别人的胃的态度就是对别人爱的程度，这联系真粗浅得可爱。

当然，吸引我在那条路上一再奔走的绝不是那些香脆甜软的苹果饼，用表弟的话说,我来是为了说话,我走几千里去见一个朋友,他也认为我去只是为了说话。他善于用最朴素的话说出事物的真相。关于"说话"的其他表述还有"倾诉""交流""沟通"等诸多说法,但它们都太书面太正式了,哪儿有"说话"这么亲切,这么直达内心呢?把话说给一个能懂的人听,似乎这样可以抗拒孤独抵制寒冷。

偌大的房子里有异样的暖和,门窗在暮春时节还是紧闭的,或者还是暮秋时节门窗就已紧闭了,没有风吹进来。这种缺氧的温暖总让我喘不过气来,脸红心跳,头晕目眩的。小姑说我病了,其实我只是需要一点氧气,但因为常来身体终于妥协,这副物质躯壳感应的快乐总是在情绪的愉悦之后,这一点真让我高兴,它使我在有些时候完全可以放松对它的照顾,只要把情绪伺候好了,它就跟着舒适了。

冬天的夜晚,风走过树梢的声音格外尖利,一不小心就会被刺破。小姑在我躺下后,会又加上一床毛毯,然后隔着黑暗,我们的语言以探索和求证的方式,从家人朋友的性格深处、生活境遇走过,无论提到谁,小姑所用的开头语或结束语通常是这样的:"真是不容易啊。"这话里有一种对人世的悲悯,就像我问:"为什么我看到她对我发脾气,我反倒同情她呢?"我其实不喜欢说"同情"这个词,确切地说那也是悲悯,悲悯让我们看到了生命个体的脆弱和无助。

当然我们只是笑谈,把悲悯融进笑中需要幽默的天分,我们享受这样的天分。她问:"他爸爸真不容易啊,是不是每天像个机器人一样做事?"我说:"机器人还智能化呢。"她呵呵笑了一阵,继而正色:"说话千万别那么刻薄,很伤人的,修养也包括修炼口德。"她还喜欢谈我,因为我能像谈别人一样,以旁观和辨析人性的方式谈论属于我的某些章节,叙述中连带伤痛一笑而过,因此她总夸我"笑傲江湖"。我们就这样浅浅淡淡地说,有时候聊着聊着天色转亮,她说:"哎呀,得睡了,明天早上你还要去上班呢!"那一刻,我们没有辈分和年龄之隔,只是两个熄灯后窃窃私语的女生。

二

从前,小姑在我的印象里其实很模糊,祖父提起她时念叨的常是三件事:"我教你爸爸打算盘,你么爷在旁边看看自己就学会了。""你么爷上学比较晚,结果连跳两级成绩还很好。""过渡的时候,饿死了很多人,倒在地上起不来就可能没命。平安的爸爸饿倒在地上,么爷喂了他一碗粥算是救了他的命。"所以,留在我幼年印象里的小姑是聪明的善良的。

每年大家庭的相聚中,大人们一起都是没有止歇地交谈,我看到的她总是一边说着一边就笑了,眼睛弯成两个月牙,因为说话很急声音又大,她一说完即刻反省自己修养不够好,然后又笑了。所以,我印象里的小姑是聪明的善良的爱笑的。

我懂事后第一次以血缘情分走近她是在她的病床边，医院说不用治疗了，回家吧。我赶去看她，那年姑父一直请假陪伴，表弟正要高考，我提着一兜水果走进病房，他们还在对我表示平日的亲近，努力地笑。

小姑已经被病痛折磨得瘦脱了形，她躺在病床上，说一句话歇一口气："买水果干吗？待会儿带回去，我又不能吃什么。你们也不用伤心，生死有命，谁都会走的一步。"她知道我说不出那些劝慰的话，自己倒是先安慰起人来。姑父本来做了一个想要制止的表情，但终于沉默。表弟这个18岁的少年瘦得形销骨立，他不仅没有流泪，脸部僵硬的肌肉还组合着笑意，这笑分外地凄凉，他似乎是在把这样的话当作孩子似的赌气。他们都停留在欺骗里，这让我更悲伤，这也让我更要压抑悲伤。我突然看到灵魂深处，我们有多么的相似。是的，我们以平静的姿态、超然的语言安慰或者自欺，我们隐瞒自己的感情，不将它呈现于人前，因为太过深刻，以至于所有的表达都是肤浅。

感谢天，小姑最终安然度过了劫难，上帝是不会轻易收走这样的生命的。后来，八十六岁的祖父因病去世时，小姑进门说的第一句话就是："也好，去了也就解脱了。"第二句话是低声对我妈说的："嫂子，这里有四千块钱，先用吧。"这一次应该是她对死者和生者的真正超然了，她或许很早就洞穿了现世人生。

三

比较二姑姑，小姑最爱说的就是："我自私一些，对人对事没那么执着，所以对别人也没什么要求。你二姑姑对人太真心了，所以管束过多，只是她不知道人人都是爱自由的，强加于人的谁都不会喜欢。"她是这么说的，我听出的是她对事物和人的包容、接纳，因为悲天悯人的天性，她不苛责，不强求，不麻烦他人。也许正是这样，被她暖着才没有任何负担。

开学不久，9月份竟然寒潮驾到，我一件厚衣服都不在学校。还没开始琢磨怎么应对，表弟已经拎着大包来学校了，他说："我妈让我送来的。"打开袋子，是小姑清理的厚衬衣、薄毛衣甚至小棉袄。我一看笑了："就算全世界人民都冻僵了，我也不会冻着。"

再冷一点的时候，我一过去，她就兴兴头头地带我去商场，因为她发现有一款极薄的棉背心，可以贴身穿，又暖和又不影响美观，很适合我。"我没有帮你买，有很多花色，你一会儿自己挑去。"她说。我知道她是极不爱出门的，可是她知道我怕冷，她知道我爱美。心里存着这个人，这个人便是三十岁了，也只是一个孩子。在她跟前，是可以安心成为一个孩子的。

在她习惯着的每一天里，也许更容易看见平静中的光亮，但我不想讲述她为人女为人妻为人母的种种，我愿意这样讲述她，这样离我更近。

一晃眼我离开孝感已经5年了,这个暑假我去小姑家时,校门更换了位置,很是气派,校园扩大了很多。虽然晚上10点到的,依然看到了杨柳依依下那个增生出来的湖。远处影影绰绰的建筑和一路幽暗的灯,我不熟悉它们,我又何尝熟悉过什么样的景物呢?从前,那些无来由的热爱只因为它们生长在我要走过的路边,应和着我一路的好心情。

想一想,写一写:

1. 亲情温暖着生命,认真读这篇文章,说说哪些描写可以让人体会到温暖的亲情。

2. 用感恩之心体会生活,会发现情意无处不在。请回顾自己日常生活中的细节,体会其中的情意,并写下来。

那些潜藏的深情

4月30日在海景酒店有中央教科所的"体验式家庭教育"研讨。他们创设不同的环境,用语言和音乐让你置身在另一个角色的体验中,感受他人的感受,体验他人的体验。初入课堂,我总要一意孤行地清醒,不入套,不受控,只看别人涕泪交流的感动,暗笑幼稚。

后来,有一段空难模拟,他们给了一段特别的导语:"您的孩子非常优秀,这个暑假被特邀去美国参加为期一个月的夏威夷夏令营活动,今天您就要搭乘这趟航班去接您的宝贝了。一路上,您与邻座相互交谈彼此的孩子,一心喜悦。突然飞机颠簸起来,你们遇到了强烈的气流。"强烈的音响效果和空姐的语言诱导使人跌入身临其境的惊恐,我还是醒着。最后空姐沉痛地说:"我们的飞机马上就要坠毁了,现在还有三分钟的时间,请您把您最想对孩子说的话写下来。如果有一对夫妇愿意收养您的孩子,您希望那是一个怎样的家庭?也请您写下来。我们将把它们保存在黑匣子里,也许它会把您的心声传递给您的孩子和亲人。"人们在一片唏嘘中写下自己的留言,房间里只有笔尖摩挲着纸页的沙沙声。

再观望就有些不好意思了，我也写吧。提笔的瞬间就进入了指定的角色，在角色中泪水一下子冲上眼眶。我写："宝贝，你是最棒的。无论什么时候，妈妈都喜欢看到你快乐地生活，只要你快乐，妈妈就是快乐的。妈妈爱你。""这是一个民主的家庭，夫妻关系和谐，家庭温暖有爱，有开阔的视野和健康的爱好，对孩子全面接纳，并能真诚交流。能够用积极乐观的心态影响感染孩子。"在这样的绝境里，你会知道对孩子的期望不是学习成绩，对家庭的期望不是物质第一，回归到人的最真实的需要是最简单的爱、健康、快乐、平安。

再后来有一个画线题，也让人触目惊心。画出与你生命息息相关的人的生命线，在哪一个时段，你们共同经历过彼此生命中最重要的时刻，就在相应的地方画一个记号。我画着画着，突然哽咽，我以为对自己那么重要的祖父祖母、父亲母亲，他们都正在我们的生命记号里渐渐减去了影响。我来到这个世界上，我的学业，我的婚姻，在我们彼此对应的地方我刻下了几个重点记号，后面竟再不能重叠什么了。我的祖父，对我思想和人生有极大影响的那个人，他与我共有的记号只到上学这个点就终止了。至于爱人，剩下的时光中，所有的重要时刻都将由我们来共同面对了，我们有什么理由不好好珍惜彼此呢？

道理是一目了然显而易见的，如果不撞击心灵不触痛情感，在道理面前，我们只是无动于衷的路人。我不想再这样掩饰情感，掩饰脆弱了。有些教育不知道来自哪里？比如斯文、教养这样的名词，它们抑制我们的表达，一切来自身体内部的液体和气体，都似乎有辱斯文。所以在人前，我的感动连眼泪都抹杀了，更别说语言的表达。如果感动，有的只是不能自控的一身鸡皮疙瘩。

……

两天的活动，我打了无数的电话，给父母，给孩子，给先生，我要说出来，多说一些，仿佛是弥补和忏悔。

站在酒店的阳台上，正是面朝大海，远处是辽阔湛蓝的海天，近处是嬉水的人们。生活是这么简单，又是这么重大。

想一想，写一写：

1. 文中提到了两个测试题，仔细读一读，说说这两个题目是为了让人思考什么。你从中受到了什么样的启示？

2. 直面自己的内心，想想你希望生活在一个怎样的家庭里，希望父母如何对待你，你又如何对待父母，写下你的想法。

抬眼看见

一

　　振华路拐进华强北总觉得是挤进去的，低头看到的都是脚，抬头看到的都是人头，周末的华强北永远这样。

　　忽然，清脆的笛声从城市的人群和灰尘里浮起来，像是山野间吹来的风，拂着行人的脸。一些头转动过去寻找声音的源头，一些人依旧脚步匆匆。压着浮华与喧嚣，笛声顽强地在城市的上空飘荡，它一定要发出自己的声音来，与这城市形成鲜明的对照。

　　目光越过人群，我看到马路牙上立着的那个吹笛的老人，说他是老人只因为他满头白发，他脸上并没有显示明确的年龄。他淡漠地吹奏，没有欢快也没有忧伤的淡漠，隔离人群与世界，他在他的笛声里。不同于常见的那些行乞人，他面前没有摆一只盛钱的碗，只竖着一张过塑的牌子，有照片也有文字，远远的我看不清是什么。大约也因为这异样，先生走近些看，然后紧走几步过来告诉我，"他不是乞讨，只是来深圳找女儿的。"

　　原来，那山野间的风只是呼唤。凉意顿起，愿那个不知什么缘故失散的女儿，能在万千人流中听见这呼唤，跟着笛声回家。

二

　　下班，一个人走过公园旁的马路，通常目不斜视快速地穿过浓密的树阴。今天，前面的背影让我的眼神顿了顿。一个四五十岁的女人的背影，短发，白底红条的上衣，黑裤子，略胖，隐迹于人群中不能分辨的一个家庭主妇。此时，她俯着身，倾下去，一条手臂环着轮椅上男人的肩。男人深陷在轮椅中，像我们通常深陷在某种情绪里一样，固执而僵硬。这样的年龄或者更老的年龄间的亲密总是让我感动，我看见过马路时，白发老翁紧紧牵住老伴的手，顾盼前行；上公交车时，老人拄杖站在车门口，护着老伴先上去……这些镜头印入大脑之后再不消失，时光滤去生活中的恩怨，只留下"执子之手，与子偕老"的事实。此时，何况还有一个坐在轮椅里。

　　走过他们身边时，我忍不住侧头多看了一眼，轮椅里的面孔是年轻的，疲惫厌倦的神情，全世界都亏欠他的样子。那应该是她的儿子吧。我没有看见她的表情，她背对着我，正面向那个年轻的男孩，但我可以猜到一定是谦卑的，讨好的，小心翼翼的。

想一想，写一写：

1. 轻轻一瞥中，有世事的悲凉。这两个场景中的人物有哪些触动你的地方，请结合文中内容说一说。

2. 第二个片段中，作者并未看到母亲的神情，却猜测一定是谦卑的、讨好的、小心翼翼的，为什么？

3. 有时，就是这样不经意地抬眼之间被深深地打动。你有过这样的时候吗？如果有，请慢慢回忆，慢慢书写，在书写的过程中，你会发现情意从画面中浮现了出来。

人情篇　露水打湿了衣衫

电梯里的眼睛

　　OTIS 电梯缓缓地上升下降，就算是小高层的建筑，这速度也够折磨人的。如果说两句话，胡思乱想点什么，可以暂时忘记它的憨笨。但通常是早起赶去上班，黄昏拖着一身疲倦地进出，这时候，两眼瞪着缓慢闪跳着的红色数字，它的从容不迫就让人生怨了。

　　久了也找到了另一种乐趣，在电梯里看人。7楼，它稳稳地顿住，进来这一个应该是欧洲人。我这么猜测他，不仅因为他的肤色身高，还有其他。他友善地点头一笑，轻声 hello，谦和退避在狭小空间的一侧。到底层了，他伸手做了一个先请的手势，等在最后。这是一种已成习惯的礼貌，或者说教养。小小的一个细节，没有语言的30秒钟，忽然生出感动，享受一回"女士优先"的礼遇，感觉到的是人的尊贵，自己和他人的。小空间里绝不会因为多了这么样的一个人而产生压迫感。

　　我之所以说压迫感，是因为有过这样的时候。门开后看到一张苦大仇深的脸，蹙着眉头，阴云密布。小公司的老板正在为业务烦恼吧，没来由地会产生这样的想法。他漠然的脸色肯定不是摆给电梯里的人看的,尽管他确实把脸色呈给了我们。门合上了,已经站了一圈人,老板想也不想,面朝大门,把他宽阔厚实的背丢给大家。我可以感觉到大家的目光都在一瞬间发生了一次短距离的迁移,从巴巴望着的大门,迁到自己的脚尖或者手指。呵呵,这后背可以反弹目光呢。

  8楼住着几个韩国人。偶尔一次进电梯后,听到接在后面的脚步声,我按着开门的制动钮,等那脚步进来。虎虎生风卷进几个彪形大汉,其实他们长得并不高大呀,绝对比不上10楼的那对东北夫妻,可为什么我留下了这样的印象呢?琢磨起来是他们的做派,笔直的腰板,精神抖擞内蓄力量的样子,不像是下班像是上班。他们在电梯里没有停止呜哩哇啦的对话,然后又一阵风地出去。他们是大男子主义的,这不需要多想,他们没有因为我的等待微笑,或者说谢谢。他们不可爱。

  10楼值得一道的是那条皮色光滑的腊肠犬,褐色的身子裹着件黄马甲。高大的东北女人抱着它再怎么亲昵地呼唤,也难寻出高贵的感觉来。我对自己的鼻子毫无办法,管是什么名贵不名贵的狗,喷洒了多少的香水,一见到它们,我能闻到的只是一阵狗味,这注定我不会成为一个富贵悠闲得能去养猫狗的人。有人望着腊肠犬,东北女人抓住短暂的几十秒向那人讲述着她的腊肠犬的价格,讲述它的娇气。这年头真已不是狗仗人势了吗?看这场秀,仿佛"狗贵主荣"似的。

  说小孩不可爱是不对的,他们的率性我等望尘莫及,当然还有让人望尘莫及的成人。电梯里的人不少,已经等很久了,那个叫什么中印的小孩还按着制动钮,电梯延时不耐烦地尖啸,他大声地喊:"爸爸,爸爸,快进来呀。"一阵开邮箱锁邮箱的声音后,踢踏踢踏的脚步度了过来。瘦高的印度男人毫无愧色地翻着手中的英文报纸,还拍拍儿子的脑袋。我想电梯里所有人等他至少3分钟了,真伟大啊。接着看见他儿子点击的楼层为2。再忍可能心脏会有问题,我于是对那个叫什么中印的小孩说:"到2楼其实可以不坐电梯的。"我相信他的印度爸爸不仅能听懂中国话,还会说中国话。不然大老远跑中国来娶一中国老婆,养一个叫什么中印的儿子干吗。

  通常在缓慢的升降中,是没有人说话的,住在同一栋楼的陌生人,这很正常。也有一些意外的时候。一个接近周岁的宝宝对着我笑,伊伊哦哦地说着,这热情真是难以抵挡,我也回应他的热情,把微笑和赞美之词送给了抱着他的奶奶。到他们下时,我们老熟人似的说拜拜。这才是电梯天使,但愿他天使般的友好不要慢慢地磨逝。

  ……

  缓慢的升降一天天重复着,一日看尽长安花,一分钟里看到的东西也不会少,看到不同的人和他们身后的差异,用一种无聊消解另一种无聊。电梯里的眼睛不止一双，大多是像我这样沉默的观望者。我在别人的目光后又留下些什么呢？想到那不会随着走出电梯而消失的痕迹，我告诉自己要保持一贯平和的微笑，这是最好的掩饰也是最好的装饰。

想一想，写一写：

1. 文中写到了几类人的不同做派，请结合内容，说说他们各有什么特点。
2. 你欣赏其中哪一类人，为什么？

彼　岸

一

不知道邻居是哪里人，老婆婆不会说普通话，也许是能听的。每每电梯里相遇，我总会主动搭话，她的回复是一串一串的，我一句也听不懂，但是，我们总可以热闹地说上一阵子。

看见她拎着一桶水，我会说："去楼上浇水吗？"她点了下头，呜呜啦啦说了一通。

"您在楼顶种了很多菜吗？"她边说边比划，有一个手势特别大，似乎是结了一个很大的瓜，我不能确定是不是冬瓜。结尾时对我说的是一个问句，难道是说要给我一个吗？

我只能笑得更深一点："谢谢，我们家不用，我们很少做饭的。"她嗯嗯着点头。

电梯还没有到，我继续扯："楼顶种菜，哪儿弄来的土呢？"她解释了很久，我点着头，一叠连胜地"哦哦哦"，好像真的明白了。

电梯到了，好了，拜拜。我们聊得挺愉快的。

这样的聊天，偶尔就会有那么一回两回。两个人语言不通，按自己的逻辑演绎对方，气氛很好。为此，我很是得意地告诉我家先生，人之间的交流其实也不一定依赖语言嘛。

二

轮流日记轮到张雅洁了,我一早看见她眼神里的期待,期待那个展示的时间。她的诵读声极轻,内容伤感,语言飘忽。雪花、雪人、风逝去的地方……听着这些词句,班上静极了,大家熏熏然,似乎都在静静升腾。她赢得了预料中的喝彩。我问大家:"有什么感慨交流一下?"竟然没有一只手举起来。

"王星宇,你不是很爱说吗?"

"我不知道。"

"那你听懂什么说什么吧。"

"我什么也没听懂。"

"你真是个纯爷们啊!"

大家笑了,果然懂她的只有应霓、小宝几个女生。我不得不感慨:人与人有时那真是彼岸,有与生俱来的不同。就算努力了,也没有通路。

为了安慰没听懂的人,我描绘了一个情景:

女的站在河边吟诗:啊,这儿真美啊!

对岸的男的听不清,大喊:你说什么?

女的:我说这儿太美了!

男的:什么?你要跳河?

三

山庄在半山腰,路在这里也就尽了。我指示着司机:"往前开,走到走投无路就到了。"

车上一位接道:"什么?走投无路是这个意思吗?"

……

好多,这样的点点滴滴。

也许,人之间的通路只在心灵,语言不过是个工具。

想一想,写一写:

1. "人之间的通路只在心灵,语言不过是个工具。"作者为什么这么感叹?

2. 你有没有特别懂你,或者特别不懂你的人?写几个这样的对话场景来体会其中的乐趣。

地震来了

昨晚跟卫卫在 QQ 上聊得正起劲,突然觉得椅子摇晃了几下,心想今天我怎么这么累呀,累得有点晕了。为了确认是不是眩晕,我又摆回刚才手倚椅靠的姿势,果然又有小小的摇晃。我有追踪缘由的嗜好,小时候有一次从床上掉下来摔醒了,我不清楚刚才摔疼了没有,为了弄明白从身体里一晃而过的感觉,我爬上床去醒着又摔一遍,但我知道要翘着头,因为我害怕摔傻。

纹纹从她房间冲过来:"妈妈,你刚才有没有感觉房子在动啊?"

"啊,地震!快给你爸打个电话。"纹爸说没事的,别怕。"什么别怕,万一真的,这就是你听到的我最后的声音。"

纹纹不耐烦我的斗嘴:"赶快走赶快走,把钱带好。"

"你还没洗碗呢!"我故意逗她一下。

"洗个屁呀,一会儿命都没有了。"

这孩子真是识得轻重啊,好!我不明就里地猜想不算严重,为了嘉奖她积极逃生的意识,我按照她的指示拿钱出门。开门,楼道的灯光忽闪忽灭的,这下渲染了危险的气氛,纹纹飞速下奔,跑得比兔子还快。我踩了双高跟鞋,自然跟不上,纹纹下了半层,又不能扔下我不管,回头急催:"快点啊,你怎么穿个高跟鞋呀?"

楼下公园里突然很多人,多是刚才给震出来的。坐在石凳上,我们开始一个一个打电话确认刚才的震动。纹爸在回来的路上打不进我的电话,终于通了,声音里都是急:"你们在哪里?"

第二天清早,7 岁的雨薇拉着我讲昨晚惊险的一幕,东北的小女孩,讲得有声有色的:"我姥姥姥爷叫我赶紧躲到卫生间去,因为卫生间小嘛,姥姥说如果地震来了,洗手台可以挡住一些砖头保护我,我藏好了又想起作业本还没收拾,我又到房间收好书包,拿好我的压岁钱藏在洗手台下。爸爸回来了,我说我怕地震,爸爸说怕啥呀。"

(这段文字记于 2006 年,距离 2008 年 5 月 12 日还远。这个远是相对于我们的生命长度而言,对于地球来说,这个时间短到几乎可以忽略不计。彼时,我对地震灾害没有实质性的认识,从头到尾只是在确认那点新奇的感受,甚至异样的体验还成为玩笑的素材,无知无畏的情状不仅是"作",更是麻木。但是孩子们不一样,他们因为相信,所以认真,因为认真,所以理智。孩子有真智慧。)

想一想，写一写：

1. 这篇小小的短文里提到了好几个人物，面对地震带来的轻微摇晃，你怎么看待这几个人的表现？

2. 设身处地地想一想，如果你遇到这样的情况会怎么做呢？请认真思考，有条理地写下来。

小细节

一

寒流来了，想起陌生人留下的瞬间，格外暖。

水族馆柜台上那些游动的小鱼何其小，甚以为怪，问："它们吃什么呀？"卖主含笑认真地回答："吃电！"做个聪明人就是这么好，不经意时已被人记住。

二

习惯叫"元素"美发店的1号给我做头发，瘦高白净的一个男孩，装扮时尚但不怪异。每次他看见我走过来的脚步，反而更低下头看手中的书，似乎等我问看的什么书，我还是不问。他工作时，我的眼睛没有游离手中的报纸，但是他坚持精细地完成每一道工序，手的起落里有秩序和条理感，典型的完美主义者。

一次被洗头的小姑娘说得很动心了，买500元的卡送500元的消费金额，等于打五折了。多好的事啊，填好了表掏出钱，旁边的1号非常轻微地踢了一下我的脚，我把钱又收了回来，说下次办吧。没过几天，"元素"关门了。

三

小兔子关在笼子里太可怜了，要带它出去放个风，可是总不能提溜个笼

子进商场吧,也不能把它闷在车里呀。旁边有一花市,不买花的话能不能寄存一下呢?纹纹退居其后,纹爸走得更远,只有我厚着脸皮去问了,老板说:"没问题,你放好,我一会儿把它卖了。"回头取时,老板夸道:"你的兔子很可爱,多少钱买的?"

"它自己来我们家的,没地方送不敢不养。"

"这么好的事啊,你们家有好运了。"

上车后,纹纹说:"一个好人怎么这么让人感动啊,我们刚才是不是应该买点他的花呀。"

想一想,写一写:

1. 这几个陌生人带来的小细节里,各有什么动人之处,请说一下你的看法。

2. 你认为生活中怎么做才算是一个温暖的人?你一定遇到过让你感到温暖的人吧,也许你也有让别人感到温暖的时候,请写出这些美好的时刻。

中考这天

听说孩子中考大人得穿红衣服送孩子去考场,我把听来的消息告诉纹纹时,她说千万别,她喜欢一切如常。

这个回答也许正合我意,但是我还是在琢磨形式主义的意义。这段时间纹纹进门就是这样的一些话:

今天老师让我们把自己的愿望写下来放进愿望瓶里,然后一个个挂在学校的愿望树上。也不知道我们毕业后会不会一直留在那里。

(留那儿的话,明年毕业生的愿望挂哪儿啊?)

今天我们放学时,班上好多同学都去跟班长(班上成绩最出色的男孩)握手,想沾点班长的灵气,明天考好点儿。

(你握了没?也玩一下嘛。)

今天我跟班长要了一支笔，我准备用这支笔考试。

（那班长得买多少笔呀！是不是每个同学都向他要？就给你们组啊。）

老师说，我们考试那天要走红地毯呢。

（那别人去你们学校考试是不是不给走啊？）

……

六月十九日，深圳开始中考。我说还是送一下你吧，毕竟这也是人生重要的一步。纹纹坚持说，不用啊。

早上，我穿了一件有朵大红花的T恤，给她煮了面条，陪她吃完早餐。然后看她一如往常背书包换球鞋出门，电梯未到，我推着防盗门迟迟未关。纹纹笑了，一脸羞涩地说："哎呀！快关上啊！"于是我也笑着轻轻合上门。

11:20，门铃一响，我从电脑旁跳起来，跑去客厅。她一迭连声讲的是这些："今天我们学校的老师都穿着红色的衣服在校门口接我们，张老师很大声地冲我喊加油，陈老师还跟我击掌呢。向老师当然在呀，他肯定也对我说了。本来我没有看见颜老师的，我已经进校了，颜老师不知道从哪里跑出来，在我后面很大声地喊：江佩纹，加油！"

听到这些，眼泪竟然要跑出来了。我一字不漏地记下，记下的是一个母亲的感动。为她遇到这样的一群老师，遇到这样的一所学校，为她对这世间的满怀温情和感恩。

"红地毯果然只给我们学校的学生走，因为铺在备考教室通往新教学楼的过道上，别的学校学生不走这里。"

下午，我带她去"蓝鸟"吃西餐，她下楼时，手上握着一包"旺旺"饼干。她说是学校给准备的零食，让他们随便拿。她一直没吃，说给我保管一晚上，快睡觉时，又找我要了回去，放在枕边。

我看着她这幼稚的行为，什么也没说。我想，不管纹纹这次考到什么成绩，不管纹纹以后去到什么学校，今天她所经历的这些，都将永远刻在她的记忆里，滋养她的生命。

想一想，写一写：

1. 如实的记录里有着生活最本质的美好，说说这篇短文中有哪些地方让你体会到了美好的感觉。

2. 文中提到了考试前学校组织的很多仪式，你怎么看待生活中的仪式感，结合你自己的经历写一写你的感受和看法。

几个关键词

风马牛

下楼，看到架空层的石桌旁两个老人在聊天。站着的说："我跟你说呀，那个人原来是做……长的，后来调去……做……长。"坐着的在拉二胡，他眼睛平视，不盯曲谱，也不向上迎视，大概取个折中的姿态，表示听着呢，但没兴趣。手中的二胡自顾自唱着。

我跟纹爸说：这样说话听得见吗？

纹爸回应：退下来的领导吧，没人听他说话。

果然，等车启动的片刻里，我看到站着的这位没法忍受了："我跟你说话，你要听啊，别老在那儿唱！"

风马牛。拉二胡的这位会几种乐器，天天在小区吹拉弹唱，他的听众是他们家的沙皮狗，有时趴在地上，有时坐立起来，陶醉恭敬地听，有时还会嗷嗷叫上几句来附和。

不一样的老人，一样的寂寞。这样的老年。

鸡同鸭讲又何止这样。

清晨醒过来，我抓起岩井俊二的书跑到客厅，躺沙发上看。纹爸醒后追出来，我说：这个日本的导演真厉害啊，电影唯美，文字也这么美。当个作家兼导演真好，能造出心里的那个世界。

纹爸突然的接话是：谁谁的房地产做得这么大……

我屏蔽了这个声音，面带微笑盯着书，点着头，也是如此折中。

风马牛。

王家卫

看王家卫的电影快疯了，一天两部地追，先吞下去。他的角色都是活在内心的，台词可以说是对白，也可以说是自语。持这种姿态说话的人，会是一副怎样的心肠呢？每一个角色都活成了一个隐喻，每一副画面都别有深意，每一句台词都暗含哲理。一边享受电影本身，一边免不了费劲琢磨，所以很是得劲。

喜欢王氏电影的文艺范，还有他的班底，梁朝伟、张曼玉、梁家辉、林青霞、王菲等一众极富个性的演员在电影中穿梭往来，又好看，又神经质，我看得晨昏颠倒，神魂颠倒。

女孩子

　　讲英语课的老师一定是很出色的，他归并短语结构，构词规律。他说英语和汉语的差异时有这样的小结：汉语表意，所以中国人形象思维发达，你看每一首唐诗都是一幅画；英语的构词和语法重逻辑，所以人家的思维方式跟我们大不相同，推理更为严密，成为法治社会是理所当然的。而我们讲究的是关系，把各种关系摆平，然后找到一种可以对外讲得通的说法，就可以了。

　　教授们很会发挥，这点别致是他们的创意，也是他们的噱头，更是他们的可爱。那回出国因为语言不通有文盲之感，立志要好好学一学英语的。但"那回"一走远，意志就消沉了。

　　我低头看了大半天的小说，老师突然点名："最后排的那个女孩子，你来翻译一下。"哈哈，老师眼神不好，我姑且受用一下这称呼。他请别人时都说：请这位老师回答。我站起来响亮回答：老师，我不知道。

　　作为后进生，我是如此同情老师啊。

草食者

　　生日。对话，通畅明亮，照亮一些幽微的角落。

　　和"风马牛"去吃韩式烧烤，他翻烤、剪开、裹菜、蘸酱然后递给我，有细微体贴。但是我不喜欢吃肉，越来越接近素食。不自觉和自觉地接近。看到韩金英说："动物在临死前因恐惧而分泌有毒的汁液，渗透在肌肉里。"意思不言自明，食用这样的肉类，几近吃有毒的食物。梭罗在《瓦尔登湖》中也说："我毫不怀疑，人类尊严的一部分是，在其逐渐的改善过程中放弃肉食。"我对此的理解是：素食提升了人的灵魂，人因素食才更富有灵性，更接近神，肉食带来了污浊。

　　如果吃肉，这些念头会蜂拥而至。就做一个不彻底的素食者吧，羊一样，一个草食的顺民。

想一想，写一写：

1. 散散淡淡的日常，散散淡淡的文字，但其中又浮动着一些特别的滋味。读这几个短文，说说你从中受到的启发和对短文题目的理解。

2. 凡有触动，就动笔书写，随心随性的记录中，你会对世界多了思考，多了认识。放手写一写自己的日常吧，试着让那浅淡的印记在你的描绘中清晰深刻起来。

故人依然

一

决定见李丽其实是在去玉渊潭的路上，同行的邓邓说有个学生联系自己，而且就在北京，要不要见。我这才想李丽也在北京啊，我们可不可以见见。

换作他人，我或许不会起心动念。跟李丽二十多年没有联系，2016 年的同学会只有匆匆一面，作为组织者，她招呼的事情太多了，我们聊了不多的几句话，她就被拉走了。后来去看荷花时，我们几个乘同一条小船，相互地拍照逗趣，也都只在热闹里。

人的感觉是很奇怪的，从读书时开始，我心底一直很亲近她，觉得我们内在有一种彼此认同的契合，只不过，那时的她就是内外合一的，凡事认认真真，典型的乖乖女和有担当的大班长。我刚从严苛的家庭管束中解放出来，正要尝试各种反叛：迟到、逃课、不写作业、熄灯之后点蜡烛看书……种种外显恰恰是真实的反面。这么叛逆的样子，我想我是有点不敢面对李丽的，像是不敢面对内心更真实的自己。不过，她真诚热情，什么时候见到我都是亲昵的，让我觉得安全轻松，所以，至今一想起她，我这么被动的性格，也能没有任何顾虑地迅速联系她。

二

约了那天在北海公园门口见面，我先到的，在公园里晃荡。4 月，北京正午的阳光亮烈，我没有任何防护，任由太阳煎烤，突然想起包里有一条围巾，于是用它包裹头脸，把自己弄得跟个穆斯林似的，也不管周围异样的目光。李丽说她到了，我就往外面飞奔，路上掠过一念：要不要收拾起这个头巾，把自己整清楚一点。马上又掠一念：哎呀，是李丽呀，不用收。她还在车阵间穿梭，我奔过去就抱住了她。我也在这一念一行中觉察自己，二十多年的时光，即便没有相见，我们的内心仍然是趋近与亲密，这真奇怪。

从见面开始，我们就说啊说啊，你的我的他的孩子的工作的家庭的思想的情感的，还有这周边的花草摆拍的姿态……什么都相通无碍。随着语言的铺展，我看到二十多年的时光像一条漫长的河道，一南一北，我们浮沉在两座不同的城市，接受时光的淬炼和磨砺，从不同的方向上走向归途。这验证了我最初的感觉，在内心深处我们有彼此契合的观念，所以无论我们经历什么样的命运，我们对人世总是饱含着爱和希望。

三

以为是见面、吃饭，但是她说："今晚就住我家吧。"于是身不由己地就去了，那些日用品的各种顾虑，她一说都有都方便，我便觉得是。跟她一起，人自然地就不费脑子了，尤其我这种本来就没有脑子的人更是。

在大董吃烤鸭，她恨不得把每个特色的菜式都要一份，被宠溺着的人该是有多任性，不知道我咕噜了什么，她吩咐服务员："快点啊，我们这里有个小朋友饿了。""姐姐。"我很自然地在心底默默地叫了一声。

又说起她从前找我找得多么辛苦，跟各地的同学打听，后来终于找到普爱医院，电话也打通了，别人说是有这么个人，可是已经离开了……

听着这些往事，真觉得背后一片沧桑，却说不出来相应的话来，真实的感动是没有语言的，她对你好，你受着就是了，就像她所说的："看到你，就想对你好。"

次日，我们又走了颐和园，春天里的湖光山色都是陪衬，"艳阳天艳阳天，桃花似火柳如烟。"北京的春天花开成了海，树木初生的绿也有无数的变化：浅绿、淡绿、粉绿、嫩绿……没有词语可以描述，你只能去感受，大自然的美善是这样的，人心的美善也如此。

分明知道她很累的，连续几天没有休息好，可是我还是任由她周到妥帖的安排。

她说：晚上就去"局气"吃饭，地道的北京风味，不一定好吃，感受一下老北京的饮食。

好吧。

她说：我们晚上喝点红酒，然后让姐夫开车送你回酒店。

好吧。

唉，我笨我知道，可是连知道笨也是后知后觉的。晚上，红酒打开了，姐夫拿了三个杯子，她安排姐夫喝茶，一会儿要开车。从东三环开车到西四环，还要堵个车什么的，回到酒店已是晚上十点半了，他们还要折返，我当然过意不去。半夜醒来，我突然想，怎么我不知道自己打车回来呢？哦，今生笨成这样没治了吗？

说到底就是内心贪念着见时的熨帖，多一秒是一秒的贪婪。

现实与记忆恰好吻合，这使得过去了的时光都成为瞬间，故人依然。无论我们以什么样的方式走到这里，终归还是在人生好时节里相见。

想一想，写一写：

1. 读文，说说"故人依然"是什么"依然"。

2. 有时候，强烈的情感恰恰呈现在反常的行为中。结合本文内容，说说那些描写显示出反常行为中的情感。

3. 你在生活中、书本或者电影中，发现过异常行为里蕴含的情思吗？回顾那些细节，把它们写下来。

阅读篇

他把自己画成了一个圆

春风无故乱翻书

在当当网上买书无疑有很多好处：找一堆相关联的、送上门来、打折不心疼，但是也有不好的地方，书一到，像我这种不自制的人可得有好多天的混乱日子过了。周末一整天不下楼，不抬头，吃饭叫外卖，做事着急忙慌抢时间似的，说是去冲凉，结果打开衣柜想半天不知道自己要干吗……整个人乱纷纷的，但是心又出奇地宁静，自己成了自己的世外桃源。一个姿势看累了就换一个姿势，一时坐，一时靠，一时趴，一时躺。

周六，屋外的雨下得很急，没有风，雨直直地往下落，屋子里钟点工搞卫生轻手轻脚地穿过，纹纹也把作业丢在一边了，在我旁边捧着她的书。突然我会想起什么来，惊慌地高声叫道："快去练琴呀，明天要上钢琴课了！"这样的混乱、无序似乎很不配"母亲"这个称谓，惭愧得紧，但也顾不上了。

这几天淹没在胡兰成的《今生今世》《中国文学史话》《禅是一枝花》里，参禅是有些费脑力的，歇口气吧，随手就又抓起了《草莓的亲戚》《华丽转身》这样的书，作家洁尘的俏皮与平和会让人回到现实里，有温暖的感觉。

批评自己，读书哪有这样粗鲁饕餮的？但还是忍不住贪心，想先这么胡吃海塞一顿，然后再眯眼反刍吧。

还是喜欢从前一本本慢慢阅读的从容，一个调子的背景，是能让人沉湎的，文字和思想都会浸润内心，提取的养分完全不同。不过这回跳进跳出地读书是有原因的，首先是因为那些书我都喜欢，像一个贪玩的孩子突然被带到一间堆满玩具的屋子，欢喜得只能东摸摸西摸摸，爱不释手。更主要的原因是看胡兰成心头的愤懑需要化解，需要用其他的情绪来覆盖。我也知道这个年龄看书还起情绪是挺好笑的，但就是有了啊。单看《民国女子》其实是感怀于那种难得的相知与怜惜的，然后沿着向前再向后的方向追索读完整本书，那么多明亮恰切的词语，那么多魅惑清嘉的语言，它们装扮着他的情感历程，撩开这些或素雅或华丽的帘幕，仅就情感而言，他剩下的就是言之凿凿理直气壮的自私啊，难怪有人说他"情深意切，狼心狗肺"。

这样横溢的才华，穿骨透髓的目光，女子的那点妖娆尽收他的眼底，她们知道他的自私，然而还是受其魅惑，为着那一点懂得，沉陷下去。才情如张爱玲这样的女子是这样，年轻不谙世事的周顺德是这样，识大体顾大局的范秀梅也是这样。在感情上，女人总比男人清洁、纯粹、忘我，叫人叹息。

总之，书乱乱地翻着，各种情绪来来去去，心出奇地宁静。

想一想，写一写：

这篇短文中，体会作者是怎么写自己乱翻书的。结合内容说说你对这句话的理解："整个人乱纷纷的，但是心又出奇地宁静，自己成了自己的世外桃源。"

个中滋味

读胡兰成的《中国文学史话》，看到他对礼乐制度的嘉许，对传统文化的迷恋，整本书多是比照，所提及的西洋文学和艺术都成为他的反证，明明知道他的偏颇，然而他总能轻轻松松地从另一个跨度绕行回来，逻辑自洽，似乎滴水不漏。

这样的圆范让人自然地联系到他的个人生活。原是不该评说，也无从评说，偏暑假时又把张爱玲的书和别人写张爱玲的书通读了一遍。据说她的《小团圆》在1976年就已写成，之后久未出版，除了几易其稿，还有很重要的一点竟然是因为胡，怕他跳出来对照情节言三语四的。她深知他能为自己找出种种美妙的借口粉饰太平，这样是极好的，那样也是极好的，她不给他借自己言说的机会。看穿看透了一个人之后该有多无趣，没有悲凉，但有提防。

读读《中国文学史话》中的这段："王猛、崔浩、高允皆怀王佐之才，而不事南朝，去帮北朝。文明皇后冯氏本汉民族女子，父死于拓跋魏，而她为拓跋魏皇后。此四人实在是混一华夷，开出隋唐天下的大功臣，但于民族大义这话可又怎样说法呢？"

便是不想刻意度人之腹，也能看出他为自己汉奸经历的辩解已然昭昭了，而这理由听起来何其高大妙洁。

但是，不得不承认他对一些作品有独到的品鉴能力。借了他的眼光，能看见传统文学中异样的好。品鉴，对人世、对历史、对文学、对女人，这些应该都关涉着吧。下卷中《周作人与鲁迅》《论张爱玲》《张爱玲与左派》等，因有明确的所指，所见就显出了高明，他这样看周氏兄弟："人们可以看出,两人的文字,对于人生的观点上,有许多地方周作人与鲁迅是一致的,几乎不能分辨,但两人的晚年相差如此之远,就在于周作人是寻味人间,而鲁迅则是生活于人间,有着更大的人生爱。"

借了论张爱玲,他说:"有人说张爱玲的文章不革命,张爱玲文章本来也没有他们所知道的那种革命。革命是要使无产阶级归于人的生活,小资产阶级和农民归于人的生活,资产阶级归于人的生活,不是要归于无产阶级。"这平实的见解似是常识,却有着常识里的深刻,若干年里,他们却不知道。

我想,如果生活中有这么个人,还是会很愿意靠近前去,听他漫天漫地不急不躁地闲扯。不然,怎么会有朱氏姐妹拜师门下,怎么会有《三三集刊》的作家群呢?

想一想,写一写:

1. 读完短文,请小结一下,我们读完一本书可以从哪些方面去思考,结合本篇短文的内容谈一谈。

2. 以你总结的方法,写一篇自己的读后感。

纪念下去

《小团圆》与《我们仨》这两本书全然无关,拿来一起说是因为连着看完的,既然要一起说说,一思量还是找到点儿关联:作者都是女性,而且生活在同一时代,写的都是个人的生活。

看《小团圆》有近似偷窥的感觉。说是小说,自传性太过明显,以前散文中读过的生活片段、心路历程一一归置在这本书里,她重新捋了一遍自己的人生,仿佛又活了一回。

那个小孩说:"皇帝什么也没穿啊。"她就是那个小孩,冷眼旁观的姿态,打量周遭的世界,父亲、母亲、继母、亲戚,还有那些从她生命里擦肩而过的男子,她剥开他们,借助文字,她把那些真实的内在从生活的表象中剥离出来，那些繁华的、激进的、陈旧的、腐烂的都撕碎了理清楚摊开在那里。

她写得有些任性，也忽略技法，似乎只为痛快，带着一种豁了出去的力量。在这个剖开的世界里，她呈现了无尽的争吵，财产的纠结，甜腻的鸦片，失落的爱，还有生活里的微光……一叠灰塌塌的生活，从无完满，处处缺失。她不动声色地观望其中的自己及他们，似乎是要借了他们的戏码洞穿人性中的可悲可怜可叹。如果仅仅因为这姿态，我们就说她是冷的，这不公平。最多只能说她讲述的方式冷静得有些残酷，让人不敢直面。

首次看到她写自己的情感经历，在她的爱情里，她是柔软的、温热的，小心清醒地沉陷，这个从爱的缺失里一路走来的女子只能被爱所伤。热了，灼伤；弃了，悲伤。她似乎总是试图理清楚什么，包括混乱的感情，哪个女子不是这样呢？但是邵之雍（胡兰成）以为九莉（张爱玲）是可以分享一切的女子，以至于还要跟她分享他与新女友小康的感情。她掩藏隐痛，微笑着听，还要装大方让他给小康带去一块上好的布料。但是这并不能感化他，留住他。是的，他一定是爱她的，或者爱过她，但同时也对其他种种人都言爱，她看透他的自私。她也的确曾经爱过他，但终归更爱尊严，一笔钱清算了过往，从此两不相欠。只是，从此以后，她再没有这样清晰地细腻地讲述任何一个男子，任何一段感情。所谓爱情，在她那里仿佛余生真的完结。

这样的女子不可能是冷的，只是足够悲凉。没有子女，甚至整个家族无后，于是能够写得恣肆，一件件写下来，内容上是从前零散文字的一次加法和补充，语言上是一地珍珠的组合，写出来，如此这般，也许只为纪念自己。

悲凉有种穿透的力量，读完叫人坐卧不安，转来转去，在沉浸与跳脱中，顺手抓起了《我们仨》。

杨绛的文字在何种境地下都处处是暖。女儿去了，丈夫也去了，她捧出这些珍宝一样的回忆，回忆中的三个人总是那么让人羡慕，其乐融融的基础首先是精神领域的互通、契合与欣赏。人生圆满得像一滴水，再多社会动荡的摇撼，晃过之后还是一滴圆满的水。没有破缺，是因为内心的完满。这样的完满由三个人构成，坐在暮年的回忆里，一切美好一切亲情都成了痛彻的怀念，温暖的安慰。记下来，只为纪念。

杨绛与张爱玲其实属于同一个时代，甚至上海沦陷时都同在孤岛，且一样是不问政治的才女，可是人生境况天壤之别。如果人生是可以自己选择的，再多的声名与才华怎么比得过温情漾漾的人生呢？

> 想一想，写一写：
>
> 有人说"用文字打败时间"，意思是我们留不住时间，但文字可以复现过往，正因为这样，一本带有自传色彩的书籍会成为生命的纪念。你读过哪些人物的自传，又生出怎样的感叹呢，可以介绍一下吗？

阅读篇　他把自己画成了一个圆

终生所有，换刹那阴阳交流

　　微信上有人转发三毛的录音，她讲述自己与荷西的爱情。声音清澈如小溪，甜美似夏花，独不见沧桑。这样的声音，没有年龄，似乎从未成长，也可以说生来就已长成。她被神施法术，锁定于一段岁月，听她言说初见、相遇、别离，每一段的情绪都不一样，那根本不是在回忆，那是又一次在经历。遇火就焚身入火，遇春天，则化成一朵小花开在枝头。她经历喜悦，经历惊喜，经历剜心之痛。最后她这样讲："我这一生爱过几个男人，可是当我跟荷西在一起时，我觉得他是我唯一的丈夫，我是她唯一的妻子。"这种率真尤其令人动容，在她心里，荷西从未真正死去。

　　这样的爱情属于亮烈女子，她行动有声，走过来"哗"地一下，白光刺目。"忽如一夜春风来，千树万树梨花开"，全部的打开与覆盖，漫天漫天的汪洋，她不知天地间还需要收敛克制，以备来年。《滚滚红尘》里，她借韶华说："当一个女人爱上一个男人就是最危险的时候。"她自己就是这样不惧危险，勇往直前的。她以为这世上的女子都是为爱而生的吧。

　　世人提及胡张之恋，总为张愤愤不平。三毛从未说自己迷过张爱玲，但是绝笔之作《滚滚红尘》明显是胡张的故事影子。在这个剧本里，她终于懂得了藏身，以前书中的她，是一只丢失了壳的蜗牛，柔软的身体失去任何护佑，真实的样貌，真实的痛楚一一裸呈着。然而，太过逼近的真实，往往让人不忍直视。

　　在这里，她藏身在韶华身后、月凤身后，她说韶华是内向的自己，月凤是外向的自己，她借了别人的空杯，盛自己的泪。关于爱情，她拨开丛林雾障，只把灵魂的相依指给我们看，这是爱情的最高境界，也是最大幸运。她是这样看待韶华与能才的，那么，她是不是也这样看待张爱玲与胡兰成？那么，她是不是也这样看待自己与荷西？一个灵魂对另一个灵魂的懂得与欣赏，不关政治，不关现实。这样的两个灵魂相遇，相爱是命。只是，在爱情的天平上，放上全部的总是女人。罗大佑是懂她们的，他写道："终生的所有，也不惜换取刹那阴阳的交流。"

影片最后，罹乱场景中，能才抵死护卫韶华，挤上那条即将开出的船。韶华把船票塞在能才手中，说："我们拿好各自的票吧。"然后挣脱他的怀抱。能才猛然醒悟，原来韶华只有一张船票啊，她是把生的希望给了自己，这怎么可以？他逆着人流朝她挤去，可是船起航了，他被命运带走。铁丝网外是他灵魂深处的爱人，她的脸白如月光，从此将照耀他余下的夜晚。聚合天定，个人的生离死别在时代的浪潮中被淹没了，微小得可以忽略不计。便是这样，生也是个人的全部，把生给了爱人，让他代替自己在这世间活下去，活出未来。未来是什么？韶华写的小说中女主角嫁给了救自己的人，恨了他一生，可以看出韶华嫁给余老板的心情；能才重归故里时，颓废老人不过是度过了庸碌的一生。失去爱情的人生，在三毛眼里，不过是个活着而已。

1991年三毛用一根丝袜为生命画上句点。1995年孤老无依的张爱玲客死海外。这样孤高的女子，她们一定不需要世人的同情与怜悯，可是，世人在张望间也难掩怜惜之意。生活中，她们或许没有交集，只是，同性之间，因为更易于了解，却有了一份惺惺相惜，是相通与相惜让三毛写出了这样的一部《滚滚红尘》。是写张爱玲，更是写自己。

真实的红尘中，爱情终会变色，时光消磨，琐事纠缠，有时甚至变得不堪，可以看的，只是当时。从某种意义上讲，荷西的离去成就了三毛心底永恒的爱情。至于张爱玲，她在小说里呈现当时的无惧，何曾有过悔意？仰视灵魂的高贵，那是生命幽蓝深处传出箫音，悠悠颤颤演绎一部传奇。罗大佑为她们写道：

来易来去难去　数十载的人世游
分易分聚难聚　爱与恨的千古愁
于是不愿走的你
要告别已不见的我
至今世间仍有隐约的耳语
跟随我俩的传说
滚滚红尘里有隐约的耳语
跟随我俩的传说

只是，不是她们选择了传说，是传说选择了她们。

✎ 想一想，写一写：

你读过三毛的书吗？如果读了，请写一写你的感受；如果还没有，把她的散文找来读一读吧。

解　词

有时会单纯地喜欢一个个零散的词，不问来处，看它们像树上飘落的花瓣，不依附，无方向，却自有曼妙。

"锦衣夜行"，字面上看见一个人穿了华美的衣服，行走在漆黑的夜晚里。多好，如此浪费奢华和不必要。但是有美，自美美之。一个人不自觉中有这样的美丽，不自觉中践行着取悦自己，这就积淀成了品质。

"意乱情迷"，爱情在一个人心里滋长，却又不能说出来，整个人在胡思乱想的状态里，恍恍惚惚，颠倒日常，这颠倒反是因为真。人一旦真起来，总是可爱可笑又可叹的。

"从此以后"，这个词语有童话的色彩，困境冰释，邪恶终结，峰回路转，柳暗花明。童话故事结尾一句"从此以后，王子和公主过上了幸福的生活"让我们生出憧憬，轻叹一口气，可以安心睡了。

"花好月圆"里藏了一个节日的气象。澄澈的夜盛着月，亮白，圆满。庭院里开着团团的花，有安静的人，有轻微的风，有静好的岁月。

✎ 想一想，写一写：

这样的解词很有意思吧，仿佛从字面上看见诗。仔细体会汉语之美，你也来玩玩这样的解词吧。

阅读是一座桥

氛围是什么？我上网，纹纹过来说："我要查个东西。"我看书，她自然也捧起一本书。

翻看了一下她在当当网上买的一堆书，有周汝昌的《曹雪芹》，有夏承焘的《唐诗宋词欣赏》，还有陈忠实的《白鹿原》和林徽因的小册子等。文学味儿很浓，都是她的老师推荐的，可见她的老师是很文艺的。这类书家里也有不少，她平日里的阅读兴趣并不在此，只是老师一说就赶紧买，似乎拥有了书籍就了解了内容似的。

没有说别的，只是赞道："你们老师的阅读取向与我某一个阶段很一致哦，这些我也都喜欢，快点看，看完我们可以聊一聊。"

回顾她的成长，我是要感谢书籍的，借助它们，我们得以顺利沟通，避免了可能冲撞的暗礁。没有一个孩子喜欢被说教，但是他们乐于接受对话。职业的关系，我不断告诫自己别患教师病。归纳一下人们所说的小学老师职业病：一、好为人师；二、啰嗦，喜欢批评说教；三、不自觉的权威意识；四、所谓中学老师中学水平，小学老师小学水平……吾日三省吾身，谨记要谦虚，要学习，要慎言。

困顿、成长路径中绕不过去的考验，在孩子的心灵里有些事很简单，有些很简单的事却呈现着盘根错节虬枝乱舞的姿态，他们需要在帮助中厘清自己。她自然不会例外，但是，敏感含蓄的人是不愿意拿自己的事分析的，如果有一天能够坦然陈述，那也只是内心生成了承载的力量，不是性情的变更。好在书中有那么多故事，故事有那么多解读的角度和方式，总有一种可以与生活参差对照，那么我们一起分析书中的那个人，那个人的内心世界，那个人的智慧才情，那个人的情感思想……那个人必然会与我们形成对照，我们看见那个人的时候，也看见了自己，有时候，懂就是一种最大的安慰。

收拾她房间的杂物，好腾挪更多的空间给高中资料。翻到一本初中作文簿，感性的文字中我看见她总是默然观望的姿态，她本然的样子。一篇又一篇文字里出现这样的话："就像妈妈说的那样……""记得妈妈说过……"当我一次又一次读到这句话时，不禁泪目，心意绵软。孩子是多么需要一双眼睛，一双带她眺望的眼睛啊。即便他们表现出对抗、不在乎的样子，他们仍然在求索正确的方向。

我知道，作为母亲，很多方面我不称职：陪伴的时间、可口的饭菜，这些我做得远远不够，常常自责，但是她文字中反复出现的这句话给了我莫大的安慰。我想，也许每个母亲都是不一样的吧，那么就做我能够做好的，像我们曾经的戏言：心灵最近的朋友。

放假虽已两周，我天天学习，她一周五天补习，大家各自循着自己的轨道画圈。难得这一天我俩都休息，我捧着她买的书看，这使她生出快慰，赶紧也抓一本书凑过来。

阳光在窗外灿烂，远处青山恰好。

想一想，写一写：

> 短文中母女以阅读为桥的心灵连接，你觉得会是怎样的情形呢？想象一下，根据你的内心需求，设想一个事例，并写下来。
>
> 提示：比如你在生活中遇到了什么困扰，恰好阅读的书中也有类似的故事，于是母亲借这个故事安慰你，使你得到了启发。

共读共享

纹纹今天有一样特别的作业，老师要求家长与孩子共同读完一本书，各写一篇读后感。不知道别的家长是怎样的，我庆幸，幸好我们有一些共读的书。下面是我完成的家庭作业，虽是任务，也都是真实感受。

跟纹纹交流的话题很广泛，同看的书也是其中之一。好多自己曾经喜欢过的书，老师现在也推荐给了她，这真好。她读完后总是急于与我分享。开学那段时间，她读《妞妞》，读得特别仔细，读的过程中常常停下来感叹妞妞的可怜可悲，感叹一个父亲情感的浓烈和细腻，为医生的失误愤慨不已。我静静地听着她说，心里却在想：纹纹，她比我坚强，也比我理性。她能把这个故事细致地读完就是一种坚强，她能跳出这个故事来议论就是一种理性。我比较缺少对感伤和悲情的免疫力，所以经常选择回避。十年前读过了这个故事，虽然周国平的叙述可以理解为对生命个体的关注，但是叙述时的那种疼痛，我不想再跟随着去体验。我只是听着纹纹的讲述，表示自己也喜欢周国平的文字："家里还有他的几本书呢！《智慧和信仰》《爱情不风流》，你也可以翻翻看的。"我对她说，她兴兴头头地就去书柜翻找。

《邓肯自传》我们都读了。"一个天才的出现不是偶然的。"我们一致认为。

邓肯家族的人形同异类，他们钟爱艺术，追随内心的完美，无论贫穷与富有，终其一生他们都在不断地找寻与创作中。最让人感慨的是邓肯母亲对女儿才情的肯定与欣赏，她摒弃生活中的安稳，带着一群孩子从一个国家流浪到另一个国家，最终遇到了赏识邓肯的那些艺术家。没有这样的母亲也就没有邓肯辉煌离奇的人生。

母亲真是一个特殊的角色，很多天才的成长都跟他们有一个特殊的母亲相关。平凡的人又何尝不是呢？看到女作家洁尘说："我们这一代人过于条理过于规整的生活态度，不知道会不会伤害到我的孩子。"这种反思让我心惊，我是不是也如此呢？好在，只要在反思就会有调整。

细想，与纹纹交谈的话题其实最终介入的是对人性的探讨，我们喜欢分析藏在故事背后的那个人内心的状态，在分析中，我们似乎看见一些本质，它从繁复的情节表象中剥离出来，简单地呈现在我们面前，我们因为有了这样的感悟，所以更懂得理解、谅解、包容现实生活中的种种。阅读有益的书籍，会使心灵超然，尽管很多时候这种超然看起来有一些傻，但我不为纹纹这样的傻担忧，因为心灵的自由才是真自由。

我享受与纹纹共读共享的时光，我想，这样的日子一定会很长。

想一想，写一写：

> 你有过跟父母一起共读的时光吗？如果有，请写一写你们一起读了什么书，又聊了一些什么。如果没有，那赶快选一本书跟父母共读吧，读完一起聊聊书籍，也许一种神奇的力量会在这个过程中产生。

植物的诱惑

从天人合一的角度看，人的内心顺应着四时的变化，春季，跟随万物，总是格外萌动。

工作是忙碌的,但上下班的路上,看这些舒枝展叶的植物,这些次第轮放的花朵,还是满心喜悦。我总想亲切地叫出它们的名字,像招呼熟悉的友人:紫荆、三角梅、夹竹桃、扶桑、合欢……啊,我所知太有限了。南方的植物多而美,它们显示出强大的生机,总是浓郁的,总是热烈的。倾慕地仰望中,有一种交流在暗自发生,我相信人与植物也能达成沟通,比如这些雀跃的花朵示我以美好,我不由得心生感叹,我们相互敞开,承接彼此的美意,喜悦就升起来了。

对于植物的热爱一向不由分说,包括它们充满诱惑力的名字。最近读一本书《植物的欲望》,有这样一种理解:"植物们那种在遗传学上尽可能多地繁殖自身的欲望,利用和控制了人类;而我们人类为了自己这个物种的欲望和便利,又在以简化和集约化来改造着拥有生物丰富性的大自然。"这是一个全新的视角,以植物为主体,人类为客体,作者认为那些人类农业和园艺领域中的植物,如苹果、郁金香、大麻和马铃薯等的遗传书中,都是掌握了人类的需要和欲望,情感和价值观念,并将这些融入了自身的基因,从而不断演进,进入了人类种植园,这是它们聪明的生存策略的一部分。

这分明就是植物的诱惑啊!这样的理解,使得植物都有了神性似的。就拿花朵来说吧,"如果不首先理解花朵,就不可能开始理解美的吸引力,是花朵的吸引力作为一种进化的策略在远古的出现,才首先给这个世界展示了美的观念。"看看,我们对美的理解,是花朵教授的,从此,我们甘愿受控,成为美的俘虏,生出无限热爱,并精心种植养护,使它们能够在种植园里安然生长,不必受困于大自然的磨砺。

当然,作者不是在创作童话,这其实是一本很严肃的书,作者试图打开另一只眼,让我们看见世间事物相互作用织就的网,人只是网上的一种生物,其他物种亦然。如果有了这样的认知,我们看待地球上的生命才会不生分别心。不知道写《人类简史》的尤瓦尔·赫拉利是不是也受此启发,他讲述人类进化历程中对小麦的种植,看似是成功的发现,其实是小麦驯服了人类。这观点何其类似,都是来自一种更宏大更深邃的视角。

在本书的"陶醉"一章里,作者讲述了这样几种植物:曼陀罗、罂粟、颠茄、印度大麻、蛤蟆菌……听这些名字,我会联想到女巫坩埚里熬制的绿色液体,它们具有巫性的气质,让人欲罢不能。

想一想，写一写：

1. 所谓读书，就是读一读，想一想，记一记。捉住那些阅读引发的闪念，把它写下来，你会发现自己更懂这本书了。读这篇短文，说说其中哪些是书中的观点，哪些是作者本人的看法。

2. 以"读进书中看看、又走出书中想想"的视角，写一篇自己的读书笔记。

换个眼界

最近沉迷中医，得空就拿《求医不如求己》啃将起来，不甚了了，却乐在其中。这是一本仁心仁术的书，它关照身体表象，讲述其中的医理，再指导治疗捷径。我在看时常会不由自主地对照穴位经络胡乱掐抓拍打两下，但最大的快乐并不在此，我喜欢的其实是中医析理的方式，因为不懂，觉得是如此的玄妙。胃不适，点按足三里这个穴位，像这样描述人体不同的反射区间，真让人觉得我们的身体是一个神奇迷宫，路路交叉相连，内视的眼睛却总知道前面是什么。太神奇了。

社会变迁、人群流动、驳杂的价值观，它们纷纷扰扰，我不喜欢这些患得患失的摇晃。恒定的、以不变应万变的姿态，超然其上，如果有这样的支撑，那是我所期待的。老和尚说了："不是旗动，不是风动，是心动。"什么可以让我心不动？

中医缘于道，以这样的视角观人，看见的是人与天地自然的关系。它不仅讲述一种现象，更能追踪这现象的内里，这是作为人在面对生活进行选择时的原始根由，不同的选择形成了不同的人生，那只是因为每个人生而不同。但是，通过合理的调试，人可以达到各方面的和谐。

不过是不是一定要这样呢？很多时候文学和艺术恰恰不是和谐的产物，极端的例子像梵高，他在精神的癫狂里达到了艺术的巅峰。还有很多文学作品，也是因为作者自身的不平之气，造就了附带个人强烈情绪的作品，不能达成和解，所以成就了著作。假如我用读中医的眼光去看这些，我看到的不再是文字里的形象、思想或者情感，我似乎更直接地看到写作者本人的内在情状，或者，他们就处在中医所指示的病理状态里。哈哈，这样看书，真是换了地点，换了眼界。

瑜伽练习日益精进，身体更加柔软，弯腰下去，头部直接贴在小腿上，整个人完全折叠。力量也逐渐增强，舞蹈式、战士式、树式，都是对腿部力量的极大考验，在逐日的坚持里，我感受自己身体的变化。瑜伽动作的细节要求，挤压部位，拉伸方向，很多地方与中医所讲的筋络穴位不谋而合。这个来自古印度的修炼在今天复兴不是偶然的。一样的悠久历史，不同的漫长渊源，却在某一处有着隐秘的融会相通。比如握拳要求拇指内扣压在无名指根部，四指并拢握住。很简单的一个动作，看见中医里讲了，无名指根部相当于肝魂的关窍，刚出生的小孩都会攥紧拳头，正是如此握法，称作"握固"。他们肝气足，握固的正是他们的魂。那么我们在不自知的情况下，强健的就是中医所说的肝经了。

写这么多字我到底想说什么？也许我只是要表达，我喜欢内部的和谐，这种和谐能把我们的情志带往自己不能预知的地方。身心一体的愉悦，也许能使我们跳出层层桎梏，自由的精神最终带给我们自由的生活，溶解掉现实的法则。

想一想，写一写：

> 1. 同一件事，从不同的角度看，有时能得出完全不同的结论。请说一说文中哪一件事体现了这一点。
>
> 2. 请你尝试从不同的角度看某件事，或者某个现象，看看会有什么发现。把你的想法写下来。

人有病天知否

看芥川龙之介的散文，就能推断此人有洁癖，既为"癖"，那就是一种病态了。所以他在意的那些细节，旁人或许没那么关注，然而对他而言已是不可承受之重了。每每读到这样的细节，想见现场情景，都忍不住好笑好气。为什么有好气一回事呢？因为他在中国游记的文字中，提到黄包车就必加上肮脏二字。游个陶然亭吧，有人对湖小便也被记下来恶心，同伴告诉他，脚下的台阶多有便溺，他立马踮起脚尖踩着同伴的脚印一蹦一跳，恨不得双脚不落地才好。至于陶然亭的景致，自然无心留意了。就是去见辜鸿铭，也怀疑铺着苇席的会客厅里藏有臭虫……还有还有，听完戏，后台会见名声响当当的白牡丹，严重地记下这样一笔："……我向他传达了觉得《玉堂春》很有意思的感受，他竟然出乎意料地用日语说了句谢谢。可是这之后他做了什么呢？……他扭过头去，忽然挽起那大红底儿上绣着银线的美丽的袖子，利落地往地板上擤了一下鼻涕。"

当然，我相信他记录的全是实情，这可气的因由大约就是因为别人说了真话，这真话关乎着家国情怀中的那点自卑与自尊吧。不过他写鸳鸯和鹭鸶，这两个路遇的日本美女，一样也不留情面，远观是让人不能直视的风情，后来竟上了同一辆电车，还坐到了一起，这时，他看见了鸳鸯的鼻毛，闻到了鹭鸶的狐臭，再者，她二人在公共场所谈论的话题亦是不雅。他一下子离座，远远躲开，警诫别人不要相信眼睛看见的美女。

这个可爱的洁癖患者，让人不由得对他多了一丝同情，他对世间其实有所抗拒，便是爱也爱得有所保留，有所怀疑。这样苛求的人必然对自己不会宽容，所以他在35岁时自杀是意外也不是意外。可惜可叹。

很喜欢他写的那些零零散散的追忆，这种散淡精粹的笔调，老电影似的，也不要深意，看似是个人的回忆，其实也是时代的复现。因为是写小说的人，所以小小篇章里情节与细节饱满准确，读着悦心，不过是听一个人讲讲古，那样的时代，那样的地方，那样的习俗，那样的故事……

前几日看到一句话都应在这里，说"年轻的时候喜欢透过现象看本质，现在喜欢透过本质看现象"。可不是吗？现象里才有故事有情趣有生活，其实，就是有文学吧。

芥川龙之介的书里提到京都的祇园艺伎街，百多年前的京都城里广植竹林，喧闹与幽静并在。这使我多了一点向往，下个月就要去日本了，京都是其中一站，到时候好好比对比对，看他眼中的风物有多少穿越时间，依然留存的。

> 想一想,写一写:
>
> 1. 读书推测作者的性情也是一种趣味,所有的推测必有所依凭,读文说说文中是依据哪几件事来推测作者的。
>
> 2. 你也可以这样读书推测,然后阅读查验,看自己的推测有几分相似,试一试吧。

闲话红楼

再读红楼

余秋雨说,读书就是寻找同构关系,也是寻找你自己,喜欢的书值得反复读。这话深得我心。好吧,又读一遍《红楼梦》。安静适意。

变 味

果然到八十一回就"天日无光,百样无味"了。人物的精气神大变,大家子的做派突然变得小里小气。第八十一回,四美钓鱼,说的话绕来绕去没啥意思。王夫人说话原本只是点到意到,哪是这样碎碎叨叨着说尽,甚至跟贾政提述宝玉的呆话时,还"嗤"地一笑,端庄何在,还是王夫人吗?再者,本是叹息不过迎春的苦日子,自家的女孩儿被人糟践,如何笑得起来。贾政之前从没有叙过家里日常,突然这里冒出:"迎儿回去了?他在孙家怎么样?"好像换了个贾政。看来以后就只看前八十回好了。

痴者幸福

间杂着读张爱玲的《红楼梦魇》,她是一个深深中毒的人,甲戌本庚辰本程高本全抄本,批注的涂改,涂改的深意,情节的改变,用字的不同,哪些是重写的……她知之甚深。难怪周汝昌说她定是红楼梦中人,甚至由此推测张的祖上与曹雪芹家族是有渊源的。就像他研究《红楼梦》那样,他把书中的人物与曹雪芹现实生活里的人物恨不得一一对应起来，张那些卓有见地的看法，又使他动疑寻找交汇点，究竟如何，静待考证吧。

不过张爱玲认定，《红楼梦》是虚构的，她举证事例证明观点，且一详再详直至五详红楼梦，才有了这本《红楼梦魇》。这些掉进红楼梦里的痴人自有幸福吧，也或者，那是他们的使命。

我只拣看得懂的读，才知那些原本以为不经意的言语，其实埋伏着深长的线索，所谓"伏脉千里"，有直观的，还有缘故更深的。比如甄家被抄后，有家人匆匆来见王夫人，书中未说缘故，只借几个老嬷嬷的嘴说："气色不成气色，慌慌张张的，想必有什么瞒人的事情也是有的。"张爱玲说这是甄家悄悄寄放财物在贾政这里，也是日后贾政获罪的缘由之一——藏匿罪臣物品。原本贾家崩塌是自宁国府出事引起，大约为了元春的缘故，改成贾政之过更能体现对元春的打击。

可惜，只有这八十回，到底改了那么多是为了怎样地了结这一场大梦呢？张的人生三恨说：一恨海棠无香，二恨鲥鱼多刺，三恨红楼梦未完。连我也要深恨红楼梦未完了。

成长中的林妹妹

年少时读红楼并不那么待见黛玉，只觉得这女孩儿好生刻薄，出言如出剑，让人无力招架，还那么小气，一会儿生气了，一会儿又哭了，烦不烦啊，就算是才情了得那又怎样？当然，我同时又怀疑是不是自己没看懂她的可爱她的好。

事实证明的确是没懂，懂一个人原本也不是一件简单的事，尤其是身世特殊、经历特别、才情过人、内在丰富的人，岂是一个孩子所能理解的呢？只待经一点世事，才能设身处地地体察，探知隐含在言语之中表象之下的真相。

对黛玉，理解越深，喜爱就越甚。我爱的就是她的率真和一路完成的自我成长。

她年幼入贾府得贾母百般疼爱，众人自然万般呵护，失了严教的孩子必然有一份任性，黛玉的任性就表现在言辞犀利、口无遮拦上。周瑞家的送个宫花，给她怼得不敢言语，与其说她刻薄多心，不如说她不谙世事，不懂得体谅。但是黛玉的可爱就在于她并没有恃宠而骄，而是在自省中完成着自我的成长。所以，我们看到她后来能言辞周到地打赏雨夜送燕窝的婆子，这番体恤里，有着渐知冷暖的善意和大家闺阁的气度。

与宝玉的相处，她的成长变化表现得更为清晰。少年时他们争吵不断，正如他们自己所言，都只为自己的心。情窦初开的小儿女不都是这样的吗？有那么多等待确证的情意，试探、玩笑、眼泪，这些看起来是任性，是小气，是挟制，其实，只是不能言说的爱和欢喜。袭人跟宝钗说起她时，讲：花大半年的时间做了个香袋，一吵架又绞掉了。言辞之间是批评，是觉得不应该。她不在袭人和宝钗的共识里，自然，也不在大众的认同里。好在有宝玉，两个痴人对自然万物有情，葬花，对鸟说话，连春回的燕子也是她要照管的，这些行为，是情趣，更是对生命的热爱与悲悯。

第三十二回黛玉无意中听到宝玉对湘云赞她："林姑娘从来说过这些混账话不曾？若他也说过这些混账话，我早跟他生分了。"后又追上她说："你放心。"宝玉的大胆和直白，确证了彼此的心意，然只能更深地埋藏着。因为在严苛的封建礼教氛围下，暗生情愫是十足的叛逆，所以惊呆了无意中听到的袭人。此后的黛玉在悄悄发生着改变。

贾政回来要查宝玉的书和字，宝钗等人立马告诉王夫人，字可以帮他写的，人情体面话使王夫人略感安慰。黛玉不会说这些，她只叫紫鹃送了一叠小楷去。只有心心念念，才会有这样的预先准备啊。

对宝玉，纵有了不同识见，也不像从前要理论个输赢高低，她倒是学会了委婉。有时候，委婉的姿态是因为心里考量着他人的感受，这也是成长带来的礼物。宝玉作《芙蓉女儿诔》，她在"茜纱窗下，我本无缘；黄土垄中，卿何薄命"一句里感受到不祥，内心虽有无限狐疑，外面却不肯露出，反连忙含笑点头称妙，敷衍宝玉赶紧收心。是的，黛玉在成长中。

当然，喜爱黛玉，也是因为有深深的同情。自己有了家庭有了孩子，才知道猜想寄人篱下、无依无靠的悲戚。因为"金玉良缘"之说，使黛玉对宝钗一直深怀防范之意，言语之中常有攻击。可是当宝钗点出她偷看禁书，并正言规劝，她从此视宝钗为姐姐，曾有的嫌隙与芥蒂瞬时放下，并直言自己从小失了母教，没有人像宝钗这样教导过自己。一旦辨识好意，她就会那么暖那么暖地靠近去，靠近宝钗，靠近薛姨妈，她的珍惜之意愈发显出一种可怜可叹可亲可爱了。

突然有些心疼她

说了黛玉，自然就离不开宝钗。曹雪芹在判词中也是直接把她俩并在一起的：玉带林中挂，金簪雪里埋。他的心里林薛二人是并重的吗？不管他是怎么想的，读者自有读者的眼光，就像人和人之间的缘分，读者与书中人亦建立着自己的缘分。

"因为懂得，所以慈悲"这话说得实在高明。比如黛玉，愿意懂她，所以她的种种出格言行都是情理之中，她的自伤或伤人都是招人怜惜的，她的才华、情趣、真诚与热情，甚至不讲道理，处处显示着一种可以触摸的真。带着这样的代入感读书，无意中建立了自己的立场，黛玉喜欢的，就认同，黛玉不喜欢的，也不爱，跟黛玉不同的，也多心怀疑。自然，有那么几年在重读中不自觉对宝钗怀了一点小小的敌意，虽然明明感觉她是那么好。

宝钗的好在于完美，人一旦完美，就会令人猜度其真，要知道这世上毕竟君子少有，而常人的心量就只有那么大。

论才情，宝钗与黛玉不相伯仲，甚至结社吟诗，她都还要略胜一筹。学问更是了得，谈绘画、解戏文、制灯谜，甚至分析黛玉的用药欠妥，样样都讲得头头是道，连素不夸人的贾政也赞叹过她的才华。不过宝钗自己倒是不以为意，她是抑才尚德的，对自己是如此要求，对宝琴、对香莲，后来对黛玉所言，都一再强调作为女子的本分该是针线纺绩，诗文不过闲来取乐，终究算不得什么正经事。宝钗就是这样，她是作为儒家所认同的典范之美而存在的。

可有一个时期，我，或者是我读到的一些学者言论中，非议宝钗的常有。就拿香菱学诗来说吧，香菱一心向往学诗，宝钗满腹才华却一点也不点拨她，倒是黛玉认认真真地教授，湘云也参与指点，对比之下，自然疑心宝钗诚意不足，一心只在贾府人事上。现回头贯通一想，她只是从不以女子写诗为意罢了。

诟病宝钗的自然还有滴翠亭一事，一句"颦儿，我看你往哪里躲"就轻易嫁祸与黛玉，把自己卸了个干干净净，让小丫鬟对黛玉从此怀了芥蒂之心，实在太有心机了。现在想来，宝钗作为一个淑女，怎么能闻听这苟且之事呢？如此一着，实在是急中生智，并非有心嫁祸啊。再者，一个小丫头的害怕，与黛玉又有什么祸不祸的呢？偏狭的立场降低人的智商。

至于行事处世，宝钗一言一行皆是大家闺阁的风范，虽不事张扬，然轻巧之中就把贾府上上下下的人都打点周全了。她为王夫人分忧，不忌讳把自己的新衣服给金钏装殓；理解湘云的难处，帮她安排的螃蟹宴又体面又自然；同情邢岫烟，悄悄帮她赎回锦衣；对一直敌对自己的黛玉，也包容她的过失，不当众排揎，只在事后私下提点……她能赢得所有人的心。这些绝不仅仅因为她情商高，必然包藏着她的一副慈悲心肠。

那时候，看她为金钏之死，冷静开脱王夫人，甚至说："纵然有这样大气，也不过是个糊涂人，也不为可惜。"觉得她的心还真够冷硬，在她心里下人就是下人，下人的命根本不是她要在意的，她只在意王夫人的心情，所以认定她骨子里有一种势力。真想理解她时，即可看出已成事实的情境之下，对亡者的不忌讳就是一份悲悯，对长辈的劝慰就是一份尽心。读者的心智成长，直接影响着对人物的理解啊。

当然了，她还很有力度，这力度一是不好惹，二是有才干。虽说大家闺秀少言不辩是美德，但她却绝不懦弱可欺，当初宝玉跟她玩笑，奚落她有些富态，使得黛玉面露得意之色，她敏锐察觉，借丫鬟问她要扇子，含沙射影地双敲宝黛二人，一个《负荆请罪》回讽得宝黛二人羞红了脸，从此不敢对她造次。这化骨绵柔掌使得,温婉里全是力量。后来协理大观园,小惠全大体,分寸拿捏得恰好,不抢尖邀功,以附和点醒的姿态,把事情办得妥帖周全,皆大欢喜。

如此说来,宝钗就是一个完美而有力量的人。这样自性圆满的人会让人觉得她什么也不需要,连同读者的喜欢或者不喜欢。这么一想,突然就有些心疼她。

不着痕迹处全是心思

突然有一天,你读到这个地方恍然大悟,原来是如此的用心啊。

第三十六回,王夫人正式知会凤姐给袭人姨娘的待遇,所增银两尽数从自己的分例上匀出。饭后闲聊一会儿便各自散去,宝钗与黛玉回至园中,宝钗要约着黛玉往藕香榭去,黛玉说还要洗澡,便各自散了。

这之后呢?宝钗没有去藕香榭,黛玉也没有回潇湘馆,她们分头来到了怡红院。自然,书上为她们找的缘故合情合理,恰是在合情理的表象下,遮掩着两人心底的那点心思。她俩其实都是想来告诉袭人这个重大的消息,但是却不能为此结伴同来,为何?这点微妙只有女人能够意会。

说宝钗是顺路进了怡红院去找宝玉聊天,宝玉午睡中,袭人坐在床沿绣肚兜。才说几句闲话,袭人却道针线做太久累了,要起身出去走走,宝钗被肚兜上活计的可爱所迷,顺手拿起接着绣起来。

那黛玉却因遇见湘云,于是约了她来与袭人道喜。你看,可以约湘云同来,可见黛玉对湘云不存防范之意,多一些信任。她无意看见宝钗坐在宝玉的床头绣肚兜,一下子呆了,继而抿嘴一笑,让湘云来看。湘云念宝钗素日待她厚道,于是拉着黛玉找袭人去了。

袭人回来说起两人的玩话,宝钗说:"今儿他们说的可不是玩话,我正要告诉你呢,你又忙忙地出去了。"宝钗此时才道出自己为何而来。

回头一想,这情景太符合女孩们那幽微的小心思了。她们都是急切的,关系到宝玉的事对自己而言都是大事,但是,她们的急切表现得如此不同。

宝钗在贾府是上下逢迎的,行事处处妥帖,看上去是万事如无心,细想时才知她处处皆留意。她有没有喜欢过宝玉呢?仅从文字的描述上是没有的,口口声声全凭父母。说得出来的全是道理,但是青春的心思是发乎自然的,跟道理也没什么关系。与薛蟠起争执时,她这个粗言直语的哥哥情急之下说她对宝玉有意,气得宝钗哭了一夜,被人点出私下有意是关乎妇德的,宝钗可不能受人口舌。后来晴雯跟碧痕正拌了嘴,没好气,忽见宝钗来了,于是在院内抱怨说:"有事没事跑了来坐着,叫我们三更半夜的不得睡觉!"也不知是不是宝钗去怡红院太勤。

以前不知道为什么这么完美的一个人,我老是没有太喜欢,现一寻思,大约一个人太完美就让人觉得失了几分真,虽然世故是一门高深的学问。这一回,以宝钗的城府,大约也猜得透黛玉想要做什么,于是约了黛玉去另一个地方,显得自己多么无心。待黛玉离开,她却径直就进了怡红院,还能一时忘情,绣上宝玉的肚兜。以她的缜密心思和一贯恪守的妇德,是不会有任何行为闪失的,只要知道这是宝玉的贴身之物,作为一个大家闺秀,怎么会亲手刺绣呢?虽然她从未流露感情,这里未免不是情不自禁。

至于黛玉,唉,言辞锋利的女孩都是心口相连的,她的情感真挚热烈,她试图掩饰,却处处露出破绽,就是因了她的这份真,她才珍贵可爱。忘记是哪个作家说了,这辈子最想跟黛玉谈一场恋爱。

最佩服的还是作者了,叙述中都是日常生活的细碎,行动处足以见各人的心思。

想一想,写一写:

1. 小学课本中《"凤辣子"初见林黛玉》就选自《红楼梦》,这篇课文篇幅不长,寥寥数语间,王熙凤的形象就跃然纸上了。你从中感受到王熙凤是一个怎样的人?

2. 读同一本书,随着我们心智的成长,理解也会发生一些变化,或者有了更深刻更丰富的认识,或者有了完全不同的看法。把自己从前喜欢的书找出来再读一读,用心体会,看看是否有新的理解。如果有,请把前后的不同的感受记录下来,或许你会从中看见自己的成长。

萧红的黄金时代

萧红临终前说:"我写的这些文章不知道以后还会不会有人看,但我的绯闻将会永远流传。"

是的,如我等俗人,提起萧红,她的人生无法绕行,甚至,对她本人的好奇超过了她的作品。道理上明知不妥,事实却正是如此。

三个小时的电影《黄金时代》不短,萧红传奇的一生却短暂。因为短暂,格外容易被归纳：为自由，为爱情，为文学，与之伴生的是贫穷、离乱。归纳总是带着点无关痛痒的淡漠，人生又怎么能够被归纳呢？它由那么多的日常细节填充，一盆温温的炭火毕毕剥剥地燃着，人在上面煎熬。

　　一个女子生于乱世，命运已经不可预知，还要那么有个性，那么有才华，还要那么真，那么不通世故，飘忽的实在的，纠缠不清，凝结在一个人身上时，这个人注定不能平静安分。哪怕她在与端木的婚礼上说："我对端木蕻良没有什么过高的要求，我只想过正常的老百姓式的夫妻生活。没有争吵、没有打闹、没有不忠、没有讥笑，有的只是互相谅解、爱护、体贴。"这是世上平凡女子的期望，与文艺无关。对萧红来说，这样的期望只关乎她的人生经历：始自童年的父爱缺失，被男友、丈夫一而再地抛弃背叛……对于一颗丰富细腻的心灵，情感无处攀附，寄无所寄，于是，她终于只想平凡，而这终归只是她的渴望了。

　　17岁离家出走，除了有同居或婚约之实的汪恩甲、萧军、端木蕻良，在影片中还可以看出，萧红身边的很多男子都会对她生出好感，这一定不仅仅是才华的缘故。两性之间有很多不可言说之处，我们看见的表象永远不是真相，也许那只是漂浮于真相之上的一团烟雾。

　　她的魅惑从来不在于完美，恰恰相反，很多时候是她性情里的真打破了护卫自己的屏障，留下了空洞，这样的空洞让人觉得可以嵌合，可以填补。是的，与她，是破缺成就了爱情。只身离家，流浪街头时，汪恩甲接纳了她，应该也是爱上了她；身怀汪的孩子被软禁时，萧军热恋上她，搭救了她；深陷与萧军割离不清的痛苦时，端木温暖了她，迎娶了她……香港病重之时，骆宾基走进病房，见到端木甩开萧红的手外出，他能感觉到二人刚刚有过一场激烈的争吵。萧红没有任何解释，只急急地捉住他的手："太疲倦了，快握住我的手，我想睡会儿。"如此的脆弱和信赖，是否格外能激起男子的保护欲。当然，这背后强烈的情感需索，也同样会吓跑他们。

　　不仅是性情里的真，困境之中的萧红，从无抱怨，有着少女的热切和不谙世故。困守武汉时，别人无钱请客，她捡一耳朵马上站出来："我有钱，我请客！"小二找钱给她，她清淡一回："不用找了！"朋友知她艰难，想开导教育她，她只说："真有什么，两块多钱也办不成什么事。"既有末世之感，又见本性里的率性洒脱。这样的女子身上多了一点奇，是深具吸附力的。

　　萧红自认为与萧军之间有过轰轰烈烈的爱情，至死她还在这样告诉骆宾基。可是，爱情是恒定的吗？曾经有多么甜蜜多么狂热，日后的伤害就有多么疼痛。萧军施与她的家暴是千真万确的，他的一再出轨也一次次置她于绝壁深渊。也许，共过患难的人，在记忆中总是多了一点温暖颜色吧，纵有不是，也仍然不舍，似乎舍去了这个人，也就舍去了自己的青春岁月，舍去了自己付出的那份弥足珍贵的情感。感情这东西，真是只有自己清楚，不足为外

人道也。不知道萧军后来迎娶他人还有没有家暴。行为不过是内心的外化，在上海，萧红的作品被鲁迅胡风等人认定胜他一筹，眼看着萧军内心妒意升起。人性中总是善恶同存，不敢深想恶意被激发时的情形，有时，一种自我认知恰来自于对美好的破坏，仿佛触犯禁忌，在违规里确认自己的力量。那些藏在水底的幽暗是不能见光的，甚至根本不能被说出。萧红在她自以为是的爱情里，难获幸福，只是时间会给记忆镀上金辉，它们渐渐地演变成了一个黄金时代。

有人批评这部电影取名《黄金时代》，但是没有拍出一个时代的感觉。这样的误读也只能随他了。萧红说："我不能选择怎么生怎么死，但我能选择怎么爱怎么活。"也许，这才是许鞍华想要表达的黄金时代。不管喜不喜欢，看完，你都会承认这是一部相当文艺的电影，拍出了一种端庄。

"花开了，就像睡醒了似的。鸟飞了，就像在天上逛似的。虫子叫了，就像虫子在说话似的。一切都活了，要做什么，就做什么，要怎么样，就怎么样，都是自由的。"

朗诵声起，屏幕黑了，灯亮了，曲终人散。一切都是自由的，是生命的象征和无尽的追逐，它在这里意味丰富，几乎是小结了萧红的一生，同时，也让人看到，这个奔跑了一生的女人，只有在生命终结之时才抵达了真正的自由。这段文字被选进了小学课本，起码萧红的文章一直有人在读，这一点她可以放心了。

想一想，写一写：

> 作家萧红我们并不陌生，人教版小学语文课本编选了她的两篇文章：《火烧云》和《祖父的园子》。读她那些自由的文字，你看到的是一个怎样的萧红呢？对照这篇短文，说说这里讲述的萧红跟你想象中的有什么异同。

那就消极地等来最好的吧

《绿光》中，黛尔芬在她的假期一再出发，又一再回来，与朋友的家人一起时，她显得格格不入；一个人置身陌生的人群，又那样落落寡欢；假期宅

在家里，她又不甘。

素食。无端落泪。偶尔给前男友打打电话。她像一种惰性气体，无法融入人群，从内到外的孤独。那些试图走近她的男孩，凭感觉她就知道不对，赶紧逃离。这样的孤独与消极使她处在迷茫与低谷里，简直看不到希望。奇怪的是，这样的无望里又包藏着无限的可能性。在独自旅行的途中她听人讲起绿光，太阳没入海平面时，最后的颜色是绿色的，这时心有所愿，必然会得以实现。她瞪着一双惊奇的眼睛听着，既是惊叹这样的奇迹，更是期待自己能遇见奇迹。

奇迹需要等待，需要合适的机缘，当她心灰意冷地彻底放弃度假，却在车站遇到了命中注定的人。对的人出现，自己就像晨光中的花朵，舒展而恰切。你以为的羞怯，以为的沉默都不是，微笑、寒暄，自然而然。

按王家卫的话说，那叫念念不忘，终有回响。侯麦大约是让我们明白，那看似消极的等待，其实是最积极的坚守，如同守护自己的信仰，初心不改，我们终会迎来生命的绿光。

我喜欢电影最后的那个片刻：分明被心仪的人揽在怀里，黛尔芬却紧张地盯着就要没入海平面的太阳，她不仅要对的感觉，似乎还要神的同意。绿光真的出现了，她一脸的惊奇与惊喜，让我们瞬间都相信了自然的神迹。

想一想，写一写：

1. 一部好电影总是会带给我们感动或者启示，相信你也有这样的体会，说说是哪部电影带给你的。

2. 就你喜欢的电影，选择其中某一个感人的画面或者一段情节，写写你的感受。

那些漂浮之物总是高过我们的头顶

电影 *The Legend of 1900* 翻译为《海上钢琴师》，又名《声光伴我飞》，前者是客观指称，后者是主观感受。看完这部电影，我以为还是《海上钢琴师》译得高明，因为主人公 1900 是不会用语言自我表达的，他要说的全在音乐里。

1900 年，豪华邮轮的头等舱里有一名被弃的孤儿，邮轮上的水手们一起抚养他，给他取名 1900。谁知这孩子竟是个音乐天才，无师自通地成了钢琴大师。邮轮上的每个夜晚，乐队开始演奏，他坐在三角钢琴前，俨然王子，琴声响起，他用音乐创造出一个欢乐的世界，所有的人都忘记了自己的身份，进入他缔造的音乐王国。

当自由女神高举着手臂出现在人们的视野，岸近了。人群沸腾，狂热呐喊，这些被音乐洗礼过的人奔涌着挤上岸去。

岸，仿佛一个寓意。它充满诱惑，名利场、爱情，以及最后的活下去，都在岸上，1900 分明有选择，又似乎无可选择地选择了邮轮与钢琴。唯有一次，他产生了上岸的冲动，因为他遇到了心仪的女孩，但是就在踏出邮轮的最后一秒，他终于收回了自己的脚，看着女孩走出了自己的视线。爱情都不能打破的魔咒，再也没有什么可以破除了，1900 成为邮轮的一部分。

当人群蜂拥离开，他立于船舷观看这拥塞的热闹，然后一切静悄悄了，昨夜欢场似乎从未发生过。天暗下来，他独自走在甲板上，头顶是深蓝的夜空，脚下是茫茫大海，这是孤独的写意照，他害怕吗？不！他享受吗？也不是。对他而言，孤独是他的生命状态，是天才的生命状态，也是每一个个体的生命状态。只不过，天才与孤独相融了，他们是水和鱼的关系。

电影对音乐的表现非常独特，把听觉转换成为视觉充分显示了导演朱塞佩·托纳多雷的才华，影片里，听觉视觉交融，音乐和画面完美贴合。1900 与这个世界的沟通方式就是音乐，他的所见所思，情感悸动，都自然转换成音乐语言，观众被他带走，被音乐带走，仿佛一瞬间，我们也懂了音乐，这种感觉真是玄妙。再次搜索这部电影，观看了音乐比赛的这段，爵士乐鼻祖杰尼挑战 1900。这场戏拍得酣畅，有如漫画，夸张而讽刺。

爵士乐鼻祖是这样的：高大的身影、钻石牙、金戒指，抽粗大的雪茄，随从一众。比赛开始，大师点燃雪茄，竖立在钢琴一侧，一曲终了，手势潇洒地结束，雪茄未尽，漂亮的烟灰保持着竖立的姿态。有板有眼的豪华演出，不过，装饰多了，终成笑料。邮轮上参赛的人初始以为新奇，继而视为黔之驴，不过尔尔，赢定了。

结果 1900 的出场让人大跌眼镜，他的演奏分明只是在模仿，仿佛调侃，又好像天真地观看。是的，他在天真里看到最真实的最根本的里子，因为他轻易就拂去了一切表面的浮华。世人习惯用这障眼法装饰自己，也同样借助他人的装饰来揣度他人，而 1900 看不见这一切，他直接抵达事物的核心。关于比赛，他并没有输赢的心。

杰尼的下一个曲目是《沉船曲》,大师,他怎么会让你奏赢《沉船曲》呢?这是他的船,他要用音乐抢夺回来。来自他心底的情感倾泻而出,激越的愤怒、抒情的倾诉,足足三分钟的演奏,是那样酣畅淋漓,所有的人都被震惊了,音乐表现出强大的叙事能力。夸张的画面让人哑然,观众在这幽默的三分钟里仿佛也懂得了音乐。音乐无限。

影片有一段台词正是这个意思,大概是说钢琴上琴键有限,但是音乐无限。正如电影所选择的一个封闭空间:邮轮。这有限的空间流贯着世界各地的人和故事,恰恰因为有限,却让1900阅读了世界,它反而大过了我们能够行走的土地。这是一个让人着迷的悖论,然而又是现实,犹若宗教,执念于单一的信念,可以解析纷乱世相,并且以轻盈的方式穿过它们。这需要一种宁静,这种宁静在1900的脸上。那张脸是成年人的轮廓,神情飘忽,双眼空灵,不染尘迹,符合我们对天才的想象。他似乎在自己的梦境里,随时都是敞开的,但是,谁也不能真的走进去。梦境永远不会着陆,他注定不会上岸。

我们一直在岸上,而那些漂浮之物总是高过我们的头顶。

想一想,写一写:

1. 电影中的通感会表现为画面,文字里又是怎么调动通感来刻画事物的呢?你读书时注意过这样的文字吗?

2. 选择一个事物,静心觉察,尝试调动自己的听觉、味觉、触觉等感官感受,并用文字描述出来。

他把自己画成了一个圆

网上流传一个帖子,说四川人迷之乐观,姑且不论考据的可信度,但是这句话倒是让我马上想到一个人——苏东坡。苏东坡去世前两个月,以一首诗小结自己的一生:"心似已灰之木,身如不系之舟。问汝平生功业,黄州惠州儋州。"很多人以为这首诗是苏东坡在回首人生时,慨叹壮志未酬的长长叹息，抒写羁旅漂泊的忧伤情怀，然后话锋一转，又有了自我解脱的超然。这样理解，恐怕太小看苏东坡了吧。我以为这是一个有大智慧的人在洞穿生命、了悟了生死之后的人生小结。前两句语出《庄子》，"心如槁木""不系之舟"，那是生命的至境，内心如槁木般寂静，生命如不系之舟悠游。是经历了什么而达此之境呢？苏轼回答：黄州惠州儋州。这三个离京城越来越远的贬谪之地就是他修炼的历程，是啊，人生不过一场修炼，他以这样的方式修得了自身的圆满。

奇才总是带着异相吧，少年苏轼七岁即可吟诗，十岁已能作文，人称他是文曲星降世。说也奇怪，原本不爱读书的苏洵，自27岁得了这个儿子后突然迷上了读书，而且一读就通。弟弟苏辙大受影响，也读有所成，所以才有了后来的文坛"三苏"。

苏轼19岁时出四川入京应考，考卷上的文章《刑赏忠厚之至论》引起考官的高度注意，论才情本该位列第一，但是主考官欧阳修担心是自己的弟子曾巩之作，为避嫌，最后圈定为第二。他的才华一夜之间名动京城，一切都来得那么顺利、那么自然，像四月的风吹过江南，一时间有桃红柳绿的热闹繁华。苏轼在他的人生顺境里，做官、吟诗、作文、游玩，他的潇洒俊逸似乎是理所当然。

不过，才华过人与仕途顺利从来不是一一对应的关系，才华往往还会成为仕途的阻碍。尽管苏轼以为天下人无一不是好人，但他还是被嫉恨他的人惦记上了。他为了避开与新党在朝堂上无解地争执，请求外放，即便如此，他们搜集苏轼的诗作，断章取义，无端构陷，竟然告他有谋反之心。这罪名连皇帝都不相信，但这些寻章摘句的文字摆在一起时，真的让人百口莫辩了，皇太后、皇帝都保不了他，谋反，那可是杀头之罪啊！

最终救他的是他自己。入狱之后，他跟儿子约定，如果外面一切还好，狱饭就送肉，如果有杀身之祸，狱饭就送鱼。有一天儿子临时有事，委托旁人送饭，那人不知他们的约定，碰巧就送了鱼。苏轼一看，心想完了，不禁悲从中来，于是给儿子写了一封长长的书信，各种嘱托之外，特别提及对皇帝的悔愧之心，其言辞中肯、情意深切，令人动容。当然一个犯人的信是会被检查的，于是这信就到了皇帝手中，神宗读罢也大为感动。

一天晚上，苏轼的牢房进来一个人，苏轼以为到了上路的日子，该说的已经交代了，他只能接受现实。哪知来者并不跟他搭话，进来躺下就睡了，这下苏轼也摸不清他的意图，自管自也睡了。第二天早晨，来者对苏轼说："恭喜你，你可以出狱了！"原来此人是皇帝派来的，皇帝说若苏轼夜不能寐，必然心中有鬼，恐是真的有罪。结果那晚苏轼照旧睡得鼾声如雷，这么坦荡的人怎么可能怀有谋反之心呢？这故事太有戏剧效果了，更像是民间杜撰，但是，能这么杜撰，那也是因为人们都知道子瞻骨子里存有一份潇洒达观。

这著名的"乌台诗案"成为苏轼人生的转折点，从此，他的道路真是山高水长啊。

有时为他不平，那么多情率真，那么风流俊朗，却遭如此暗算，以至于流离失所，让人叹息。但是，他留下的诗文又让人怀疑这是不是上天对他对后世的另一种成全，如果他一直官运亨通，哪有这些文字传世？他的诗词化在了我们的日常里，抬头望月，人们脱口就是"但愿人长久，千里共婵娟"；到了庐山，"不识庐山真面目，只缘身在此山中"；提及西湖，"欲把西湖比西子，淡妆浓抹总相宜"；感叹历史，"大江东去，浪淘尽，千古风流人物"……这世间若没有苏轼，那就少了一份阔达的气象啊。

被贬黄州时，穷，他只能携家带口借住在寺庙里。微薄的关饷领回来，先分成三十份，每日使一份，若多儿钱便投一罐中，等友人来时加个菜。有一次，家中已是多日不见荤腥，仅剩的一小块风肉悬于梁上，舍不得吃。每日吃饭，苏轼让两个儿子吃一口白饭，抬头看一眼风肉下饭。老二吃着吃着就告状了："爹，他刚才多看了一眼！"听着这样的故事，我们多是开怀一笑，分明知道那是生活的艰辛，听着却不生愁苦，也许人的苦更是一种心态吧。后来朋友们在城东帮他寻了个坡地开荒，种植菜蔬补贴家用，这下，他成了真正的农民。他因此自号东坡居士，从此就有了苏东坡这个亮烈的名字传世。

黄州流放，使苏轼成为苏东坡，他在这里重新审视了人生的意义。初到黄州时的诗句还是有一种惊慌在，"拣尽寒枝不肯栖，寂寞沙洲冷"。后来他写出"回首向来萧瑟处，归去，也无风雨也无晴"，要有多么超然的心态，才能使内心从那么大的政治遭遇中抽离出来，不悲不喜？

一个达观的人在什么境地之下，总会把日子过得越来越好，朋友总会越来越多。东坡在黄州就是如此，他跟朋友们一起饮酒作诗之余，煮"东坡羹"，做"东坡肉"，酿"东坡酒"，他能把简单的生活过得充满美意。生活是思想的外显，东坡居士正在发生脱胎换骨的变化，儒释道三家的思想在他身上开始形成最和谐的融合。

再后来，朝廷对他的态度稍微宽宥一点，他可以周边走走，于是我们读到了千古绝唱《念奴娇·赤壁怀古》："大江东去，浪淘尽，千古风流人物。故垒西边，人道是：三国周郎赤壁。乱石穿空，惊涛拍岸，卷起千堆雪。江山如画，一时多少豪杰。遥想公瑾当年，小乔初嫁了，雄姿英发。羽扇纶巾，谈笑间樯橹灰飞烟灭。故国神游，多情应笑我，早生华发。人生如梦，一尊还酹江月。"

是啊，历史皆为烟尘，当下还有什么纠结呢？在《前赤壁赋》中，他说："惟江上之清风，与山间之明月，耳得之而为声，目遇之而成色，取之无禁，用之不竭。"无需其他，当下就单纯地享受自然天地的恩泽吧。

正是精神世界的转变，使得他有了应对日后磨难的通达，这仿佛是命。

子瞻眼里心里是没有一个坏人的，他对人世就是有这样的一份坚信，无论来的是什么，不改其初心。他的夫人王弗生得玲珑剔透之心，不仅能跟才华横溢的夫君谈论词章，而且特别擅长识人，每每家中有人来访，王弗都会在屏风后悄悄地观察，听听他们的对谈，王弗大约就能断定来者的品性，每次所言，几乎不差，令苏轼大为叹服。

苏轼早年结交章敦，视其为好友，一次章敦到访，王弗看后告诫苏轼，此人嫉妒心强，心狠手辣，万不可深交。苏轼念其才华，只想自己至诚相待，何来招惹？偏偏世事就是这么蹊跷，王弗一语成谶。

宋哲宗时，章敦做了宰相，皇帝年仅十岁，高太后垂帘听政，重新启用旧党，苏轼被启用，眼看时运即转，然太后去世。一个年轻的皇帝不是任由老奸巨猾的章敦掌控吗？也许因为早年对苏轼才华的嫉妒，章敦不顾旧情，疯狂打压苏轼，一贬再贬，直至要把他贬去天边。

贬去惠州，东坡见这里的农民插秧艰辛，于是推广秧马，建立水里推磨，把中原已有的科技介绍到南方，减轻了农民的负担。心里装着别人，就不问纷争，只见眼前的美事，"日啖荔枝三百颗，不辞长作岭南人"。他照样怡然。何止怡然，他还写："白头萧散满霜风，小阁藤床寄病容。报道先生春睡美，道人轻打五更钟。"这日子也太惬意了吧，再贬！

六十余岁的高龄，要流放到儋州，彼时，陪伴他的朝云已病死在惠州，他把家属留在了惠州，只带着小儿子苏过过海前往。儋州，那是传说中的瘴气之地啊，这分明是在要苏轼的命！

东坡辗辗转转，到达时暂租公房蔽身，公房年久失修，他写道：夜里下雨，一夜腾挪，处处漏雨。当地官吏张中因仰慕东坡，派人稍加修整，当局得知后，导致东坡被赶出公房，张中还被追责。是有多恨才能对他如此凶残呢？人性中，恶一旦发作就不知道还有没有底线。但是我们的东坡是怎么做的，他自己动手搭建茅屋，自称为"桄榔庵"。他在庵中"食芋饮水，著书以为乐"。著书无墨，怎么办？东坡自己烧木炭制墨。沿海潮湿，易生瘴气，流行病一旦发作，百姓深受其苦。于是，东坡深入研究中医，配方治病，使一方百姓受益……如此东坡，再没有人可以打败他了，因为他在任何处境下都可以自助助人。世上的事总是风水轮流转，皇权再易时，章敦也成为阶下囚，因为得罪的人太多，也被流放儋州。东坡被招回京，路上得知这一消息，他没有拍手称快，恰恰相反，他疾速给章敦的儿子修书一封，详细介绍了在儋州生存的经验。他的心里没有恨，只有慈悲。

黄州、惠州、儋州，经历这起伏跌宕的一生，苏轼早已视无常是常，所谓功名才华、政治风云，都是过眼云烟。他自称"六如居士"，哪六如，即佛家所言："一切有为法，如梦幻泡影，如露亦如电。"洞穿了生命本质，人生就通达了，每一个瞬间自成意义，一切遵从内心的热爱，家人、他人、艺术、自然、美食……爱不依赖于外在的给予，完全自性生成，拂去那些遮蔽的尘埃，面对初心，他获得了内心的圆满。"心似已灰之木，身如不系之舟。问汝平生功业，黄州惠州儋州。"终极的宁静和悠游从容，苏东坡，用一生把自己画成了一个圆。

想一想，写一写：

1. 读这篇文章，说说发生在苏东坡身上的故事有哪些是你意想不到的，为什么？

2. "诗言志，歌咏言。"诗词中包蕴着诗人的思想感情，是诗人心灵世界的呈现。请把苏东坡的诗词找出来读一读，背一背，感受他的潇洒与旷达、深情与智慧。